Tucholsky   Wagner   Zola   Scott   Sydow   Freud   Schlegel
Turgenev   Wallace   Fonatne

Twain   Walther von der Vogelweide   Fouqué   Friedrich II. von Preußen
Weber   Freiligrath   Frey

Fechner   Fichte   Weiße Rose   von Fallersleben   Kant   Ernst   Richthofen   Frommel

Engels   Fielding   Hölderlin
Fehrs   Faber   Flaubert   Eichendorff   Tacitus   Dumas

Feuerbach   Maximilian I. von Habsburg   Fock   Eliasberg   Zweig   Ebner Eschenbach
Ewald   Eliot   Vergil

Goethe   London
Mendelssohn   Balzac   Shakespeare   Elisabeth von Österreich

Trackl   Lichtenberg   Rathenau   Dostojewski   Ganghofer
Stevenson   Doyle   Gjellerup
Mommsen   Tolstoi   Hambruch
Thoma   Lenz   Hanrieder   Droste-Hülshoff

Dach   von Arnim   Hägele   Hauff   Humboldt
Reuter   Verne   Rousseau   Hagen   Hauptmann   Gautier
Karrillon   Garschin

Damaschke   Defoe   Hebbel   Baudelaire
Descartes   Hegel   Kussmaul   Herder

Wolfram von Eschenbach   Dickens   Schopenhauer   Rilke   George
Bronner   Darwin   Melville   Grimm   Jerome   Bebel   Proust
Campe   Horváth   Aristoteles

Bismarck   Vigny   Barlach   Voltaire   Federer   Herodot
Gengenbach   Heine

Storm   Casanova   Tersteegen   Grillparzer   Georgy
Chamberlain   Lessing   Langbein   Gilm   Gryphius
Brentano   Claudius   Schiller   Lafontaine
Strachwitz   Kralik   Iffland   Sokrates
Katharina II. von Rußland   Bellamy   Schilling
Gerstäcker   Raabe   Gibbon   Tschechow

Löns   Hesse   Hoffmann   Gogol   Wilde   Gleim   Vulpius
Luther   Heym   Hofmannsthal   Klee   Hölty   Morgenstern   Goedicke
Roth   Heyse   Klopstock   Kleist
Luxemburg   Puschkin   Homer   Mörike   Musil
Machiavelli   La Roche   Horaz
Navarra   Aurel   Musset   Kierkegaard   Kraft   Kraus
Nestroy   Marie de France   Lamprecht   Kind   Kirchhoff   Hugo   Moltke

Nietzsche   Nansen   Laotse   Ipsen   Liebknecht
Marx   Lassalle   Gorki   Klett   Ringelnatz
von Ossietzky   May   vom Stein   Lawrence   Leibniz   Irving
Petalozzi   Platon   Knigge
Sachs   Pückler   Michelangelo   Kafka
Poe   Kock
de Sade   Praetorius   Liebermann   Korolenko
Mistral   Zetkin

Vom grüngoldnen Baum

Otto Ernst

Impressum

Autor: Otto Ernst
Umschlagkonzept: toepferschumann, Berlin

Verlag: tradition GmbH, Hamburg
ISBN: 978-3-8424-0720-6
Printed in Germany

Text der Originalausgabe

Otto Ernst

Vom grüngoldnen Baum

Vom grün=
goldnen Baum

OTTO ERNST

HUMORISTISCHE PLAUDEREIEN

L. STAACKMANN · LEIPZIG

Inhalt

Das vierbeinige Geschenk.

Auch ein Tagebuch.

Sie besitzt bereits einen ganzen Tierpark, unsere Jüngste, Tiere von Holz, Stein, Leder, Papiermaché und Metall, kurz von allem möglichen Material und in jeder erdenklichen Herstellungsart; endlich aber läßt sich der Drang nach dem Lebendigen nicht mehr zurückhalten, und zur nächsten Weihnacht will sie einen wirklichen Hund haben.

Roswitha, welch ein Begehren!

Ich habe die Hunde gern, soweit sie vier Beine haben, und soweit sie vier Beine haben, scheinen sie diese Zuneigung auch zu erwidern; diese Tiere haben wie die kleinen Kinder einen Instinkt für das Wohlwollen – aber einen Hund als Hausgenossen –? Mein Weib und ich erheben die ernstlichsten Sauberkeits- und Gesundheitsbedenken.

Wir erschöpfen unsere Phantasie in der Ausmalung kolossaler Unannehmlichkeiten und Gefahren, die ein Hund mit sich bringen kann; Roswitha sieht auch alles ein, wie es sich für ein pietätvolles Kind geziemt, und wenn wir sie dann fragen, was sie sich also statt eines Hundes wünsche, dann sagt sie: »'n Hund.«

Wir versuchen es anders herum: wir breiten vor ihrer Phantasie die wunderbarsten Dinge aus: Ganze Puppenhäuser mit Wasserleitung und Zentralheizung, prachtvolle Parks mit Springbrunnen und lustwandelnden Paaren, die man aus einer einzigen Schachtel hervorzaubern kann, vollständige Eisenbahnen mit sämtlichen modernen Verkehrserschwerungen, kurz: alles, was ein kindlich Herz erfreuen kann, und artig und folgsam erklärt Roswitha denn auch endlich: Ja, das alles möchte sie gern haben, und außerdem natürlich einen Hund.

* *
*

Er ist da. Der Hundeseelenverkäufer hat den Judaslohn eingesteckt und ist gegangen. Es ist ein Dackel; er steht da und sieht sich ratlos im Kreise um wie ein Untersekundaner in der ersten Tanzstunde. Roswitha ist nicht zugegen. Wir lassen sie unter irgendeinem gleichgültigen Vorwande rufen. Sie kommt, und nun ereignet sich ein Wunder. Das Tier springt mit einem jauchzenden Belllaut an ihr hinauf und will ihr das Gesicht belecken. Roswitha ist hochbeglückt und fragt: »Wo kommt der her? Wem gehört der?«

»Der gehört dir.«

Das Weitere ist nicht zu beschreiben. Es gibt eine Freude, bei der dem Zuschauer die Tränen ins Auge treten. Menschenfreude ist so ergreifend wie Menschenleid.

*　　*
*

Es ist kein Zweifel mehr, Roswitha und Männe sind durch Schicksalsschluß von Ewigkeit her für einander prädestiniert. Er spielt auch gern mit den andern Kindern; er zeichnet mich aus, indem er, wenn er unter meinem Schreibtisch liegt und schläft, sich mit schmeichelhafter Vertraulichkeit auf meine Füße bettet, deren animalische Wärme ihm sehr brauchbar scheint; er schätzt meine Frau noch höher; denn sie, nur sie, reicht ihm regelmäßig das Futter, und wenn er seine Schüssel leer geleckt hat – »nicht jedes Mädchen hält so rein« – so schenkt sie ihm einen prachtvollen Knochen; wenn die lieblichsten Düfte der Küche in ihren Kleidern hängen, so folgt er ihr, wohin sie will, und auch sonst gehorcht er ihr nicht selten (für einen Dackel eine enorme Leistung) – und doch: wenn diese Frau zum Schein die Hand gegen Roswithen erhebt, als wolle sie sie schlagen, so blafft er sie wütend an und schnappt nach ihrer Hand. Der edle Grundsatz: »Wessen Brot ich esse, dessen Lied ich singe,« gilt bei den Hunden nicht. Ich möchte wissen, wer auf die törichte Idee gekommen ist, das Wort »Hund« als Schimpfwort zu gebrauchen. Ich wills gewiß nicht wieder tun.

*　　*
*

Sobald das Dienstmädchen am Morgen seine Kammer geöffnet hat, rast er – zeigt mir einen Menschen, der mit so krummen Beinen so rasend laufen kann – rast er die Treppe zu Roswithens Schlafzimmer hinauf. Ich weiß nicht, wie ich dies Rennen bezeichnen soll – etwa wie wir ein Zündholz anreißen: rrt! – ist er oben und winselt vor ihrer Tür. Wenn ihm das Mädchen die Tür geöffnet hat, läuft er an Roswithens Bett und schaut hinein, und wenn sie schläft, legt er sich still auf den Bettvorleger nieder und wartet. Sowie sie erwacht und sich leise regt, springt er an ihrem Bett empor, reißt den Mund auf bis an die Ohren und lacht.

Bei der Toilette und beim Frühstück weicht er nicht von ihrer Seite, und wenn sie zur Schule fährt, begleitet er sie zum Bahnhof. Wenn er die Mittel hätte, würde er ihr jeden Morgen ein Veilchenbouquet in den Wagen reichen. Anfangs wollte er mitfahren; aber bald hat er eingesehen, daß das nicht möglich ist, und hat resigniert. So ein Dackel kann resignieren wie ein Philosoph. Nur daß er dem Zuge wehmütig nachschaut, bis er den Bahnhof verlassen hat. Roswitha winkt mit dem Taschentuch und will bemerkt haben, daß er mit den Ohrlappen zurückwinkt. Dann steht er noch einen Augenblick versunken da, das Haupt auf die Seite geneigt und mit einem Blick – einem Blick! – ich muß immer an den Primgeiger einer Zigeunerkapelle denken, der mit geneigtem Ohr die schwermütig-schmelzenden Töne seiner Geige einsaugt. Dann tappt er heimwärts. Das Leben hat vorläufig keinen Sinn und Zweck mehr als den, verschlafen zu werden. Zu jeder ihm passenden Zeit kratzt er an meine Tür, ob ich dichte oder nicht, und ich oder jemand anders macht ihm auf: denn ich habe die Weisung gegeben:

»Dieser Ritter wird künftig ungemeldet vorgelassen.«

Er geht geradeswegs unter meinen Schreibtisch, legt sich mit melancholischer Unverschämtheit quer über meine Füße und schläft. Schläft und schnarcht wie ein aktiver Kammerpräsident. Stunde auf Stunde. Wenn er gar zu heftig zu meinen Versen schnarcht, versetz ich ihm aus verletzter Autoreneitelkeit einen Stoß und rufe: »Männe. Mäßige dich.« Dann hört das Schnarchen für eine Minute auf, um dann mit neuer Kraft zu beginnen. Wer so schlafen könnte! Wer die Zeit dazu hätte! Die Türklingel mag läuten und die Haustür mag gehen, so oft sie will – er schläft und schnarcht. Verrückt, so etwas »ein Hundeleben« zu nennen!

Aber Männe könnte wie der Mann des Seidl-Löweschen Liedes singen:

Ich trage, wo ich gehe,

Stets eine Uhr bei mir –

Gegen zwei Uhr wird sein Schlaf unruhig. Von Zeit zu Zeit zucken seine Ohren – es wetterleuchtet in seinen Zügen, wie ein ordentlicher Romanschreiber sagen würde – plötzlich hebt er den Kopf, rast – rrt! – nach der Tür, kratzt und winselt: »aufmachen, aufmachen.« – rrt! an die nächste, ebenfalls geschlossene Tür und heult: »aufmachen, schneller, schneller.« – rrt! an die Haustür und bellt: »diese ekelhaften Türen!« saust wie ein abgeschossener Dackel durch den Garten und in die Arme seiner vergötterten Herrin. Er hat sie gehört, gespürt, geahnt, mit zweitem Gesicht gesehen, bevor wir nur das Geringste hörten. Wie sie sich begrüßen, wie sie miteinander durch den Garten tollen – ja, das ist Liebe! Er lacht Tränen vor Wonne, und sein Schwanz, das Perpendikel seines Herzens, macht zehn Schwingungen in der Sekunde. Wenn sie ihre Schularbeiten macht, wenn sie mit ihren Puppen spielt – er liegt selig blinzelnd zu ihren Füßen. Wehe, wenn ein anderer das Zimmer betritt! »Wer wagt es, in den Dunstkreis meiner Herrin zu treten!« fährt er grollend auf und beruhigt sich nur langsam, wenn es ein Mitglied oder ein Freund des Hauses ist. Er erlaubt uns, mit Roswithen familiär zu verkehren, läßt aber durchblicken, daß ihm diese Vertraulichkeiten im Grunde seines Herzens nicht gerade angenehm sind.

*   *
*

Einmal aber kam sie nicht nach Hause, weil sie gleich von der Schule zu ihrer Freundin auf Logierbesuch gegangen war. Um zwei Uhr lief er an die Haustür, horchte und witterte und dachte: »Nanu?!« Er setzte sich nieder und wartete bis drei, bis vier, bis fünf. Er aß nicht, kauerte sich zusammen und verfiel in einen unruhigen Halbschlummer. Er fuhr empor, sobald er draußen etwas hörte – und sank traurig wieder in sich zusammen. Um sieben Uhr saß er noch auf dem Vorplatze,

> und das Antlitz noch, das bleiche
> nach dem Fenster sah.

Dann begriff er: sie kommt nicht, und suchte, ohne gegessen zu haben, mehr kriechend als gehend, sein Lager auf.

In der Nacht begann er zu heulen, daß wir erwachten und nicht wieder einschlafen konnten. Ich stieg im tiefsten Negligé die Treppen hinunter und machte ihm beruhigende Vorstellungen, schüttelte ihm sein Lager zurecht und lud ihn ein, wieder Platz zu nehmen und wohl zu ruhen. Nach solchen Exkursionen empfindet man die Bettwärme besonders wohltuend. Ich hatte kaum drei Minuten gelegen, als Männe wieder zu heulen begann wie ein besserer Schloßhund. Diesmal entfuhr ich schneller dem Bett, eilte die Treppe hinunter und wurde in meinen Worten sehr unangenehm, in meiner Stimme äußerst drohend. Ich sah nach dem Futter und dem Wassernapf – es war alles in Ordnung, stellte ihm das Ultimatum: jetzt Ruhe oder Prügel. und flüchtete klappernd wieder in mein Bett.

»Na, jetzt scheint er sich ja –«

»Zu beruhigen,« wollte meine Frau sagen, kam aber nicht dazu, weil der Herr Dackel wieder das Wort genommen hatte.

»Vielleicht will er hinaus,« meinte meine Frau. Ich zog mich also an, ging hinunter, schloß die beiden Haustüren auf und sagte: »Hinaus.«

Rrrrt! war er draußen.

Ich schloß wieder zu, ging nach oben, entkleidete mich und schlüpfte tief aufatmend und zufrieden ins Bett. Da heulte und bellte er draußen, und schlimmer als zuvor.

»Jetzt weckt er auch die Nachbarn auf,« sagte meine Frau.

Ich zog mich abermals an, diesmal aber lag in der Art, wie ich die Hosen heraufzog, entschlossener Ingrimm. Ich nahm einen gehörigen Stock zur Hand, ging hinunter, schloß wieder zweimal auf, rief den Hund mit wohlwollend gefärbter Stimme ins Haus – rrt, lag er wieder in seinem Korb – und schloß wie ein bedächtiger Henkersknecht wieder zu. Dann ging ich zu dem Hunde und hob den Stock – aber das Tier sah mich mit einem Paar Augen an – nie hab' ich in menschlichen Augen eine so ergreifende Angst und Traurigkeit gesehen. Aus der Tiefe seines dunkleren Daseins herauf fürchtet sich ein Tier vielleicht noch mehr, als ein Mensch sich fürchten kann. Ich warf den Stock hin, redete dem Tiere wieder begütigend zu und ging wieder nach oben. Wir mußten uns endlich entschließen, auch trotz Hundegeheuls einzuschlafen, und wenn man muß und will, kann man auch das.

Als Roswitha nächsten Tages heimkehrte, ließ Männe eine Art Bellheulen hören, das man nicht näher bezeichnen kann; es schien ein wirres Produkt von Bellen, Weinen, Jauchzen, Heulen, Schluchzen und Hurrarufen, und in seiner Begeisterung rannte er so heftig gegen sie an, daß sie sich wider Willen »bums« auf den Rasen setzte. Diese Gelegenheit benutzte Männe wider alles Verbot, ihr immer abwechselnd Hals und Gesicht zu belecken. Sein Schwanz machte diesmal fünfzehn Schwingungen in der Sekunde.

*   *

*

Inzwischen ist es Frühling, ist es Sommer geworden, und Männe zieht Feld und Garten dem Aufenthalt zu meinen Füßen bei weitem vor. Wenn Kinder im Garten sind, vor allem, wenn Roswitha dabei ist, bevorzugt er den Garten vor allen andern Plätzen. (Auch ein Beweis für Männes feinen Instinkt, daß ihm die Kinder lieber sind als die Erwachsenen.) Er erlaubt dann gütigst, daß man ihn spazieren fahre. Die Kinder setzen ihn in den Blockwagen, bedecken ihn bis an den Hals mit Birken, Erlen und Weidenkätzchen, so daß nur der interessante Kopf hervorschaut; zwei ziehen und eines geht hinterher und hält den Sonnenschirm über ihn. Er aber blickt um sich mit dem lässigen Behagen eines Elegants, der mit dem chicksten Gespann der Welt durch das Boulogner Wäldchen fährt.

Wenn keine Kinder da sind, bin ich ihm gut genug, ja, wenn ich Miene mache, nach den Stiefeln zu greifen, macht er die halsbrechendsten Versuche, mich zu küssen. Ich brauche von dem Worte »ausgehen« nur die erste Silbe zu sprechen, so steht er schon wonneheulend an der Haustür. Es ist der Forscherdrang, der ihn hinaustreibt. Denn unterwegs gibt es keinen Garten und kein Gehöft, keine Tür und keine Pforte, durch die er nicht eindränge, um eine gründliche Lokalinspektion vorzunehmen, so daß ich mir schon gedacht habe, er sei im Stillen mit der Abfassung eines Adreßbuches für Hunde beschäftigt. Man kann nie wissen, was in so einem Dackel steckt und was er vorhat.

Wenn weder die Kinder noch ich zu seiner Unterhaltung verfügbar sind, liegt er auf dem Rasen in der hellsten und heißesten Son-

ne. Es ist nicht zu sagen, was solch ein Tier an Sonne in sich auf-
nehmen und an Faulheit hervorbringen kann. Dackel sind der
schlagendste Beweis gegen die Theorie, daß Wärme sich in Bewegung umsetze. Männe nun gar hat die Faulheit zur Genialität entwickelt. Der trägste Maurersmann ist eine Biene im Vergleich zu
ihm, und wenn Otto der Faule ein Denkmal erhalten hat, so ver-
dient Männe eine ganze Siegesallee. Halbe Tage lang liegt er, den
Kopf auf die Vorderpfoten gestreckt, in der Sonne und schlürft das
Dasein in sich ein als ein Schlemmer, der die ewige Seligkeit durch
einen Strohhalm einsaugt.

Nur zuweilen steht ihm der Sinn nach anderem Pläsier. Dann
kommt niemand, auch der harmloseste Spaziergänger nicht, an
unserm Garten vorbei, ohne daß ihn Männe ohne allen Grund und
Zweck auf die heftigste Weise angebellt und angeschnauzt hätte. Er
bleibt wohlweislich hinter dem Gitter; aber er schnauzt wie toll:
»Was haben Sie hier zu suchen! Scheren Sie sich augenblicklich fort,
oder –!« Ich denke mir, daß er in einem früheren Dasein Polizeibe-
amter in Deutschland gewesen ist, und daß es sich nur um gelegent-
liche Rückfälle, um eine Art Atavismus handelt.

Wenn er auch dieses Vergnügens müde ist und sich gar nichts
anderes mehr bietet, trottet Männe nach dem Hintergarten und holt
aus einem Versteck den ewigen Knochen hervor. Es ist ein vollkommen abgenagter, steinharter, gebleichter Knochen, von dem
auch nicht das Geringste mehr herunterzubeißen ist; aber was will
man dazu sagen? Man kann daran nagen und kauen. So hat der
Mensch die Erinnerung . . . .

*   *
*

In Alexander Dumas wundervollem Lügenroman »Der Graf von
Monte Christo« gibt es einen alten Mann namens Noirtier, der so
schwer vom Schlage gerührt ist, daß er weder sprechen noch ein
Glied rühren kann; aber Augen hat er, Augen, in denen sich sein
ganzer Lebensrest konzentriert. Mit alleiniger Hilfe dieser Augen
unterhält er sich, macht er Testamente, entlarvt er Giftmischerinnen,
führt er Liebende zusammen – ich erinnere mich nicht, ob er auch
Klavier spielt; aber Dumas würde auch das auf sich nehmen – kurz:
macht der alte Herr Sachen, bei denen im Vollbesitz ihrer Kräfte

befindliche Menschen in Schweiß geraten würden. An die Augen des Noirtier muß ich jedesmal denken, wenn ich in Männes Augen schaue. Auch er macht und sagt mit den Augen alles. Es gibt nichts Klügeres und dabei Unergründlicheres als Dackelaugen, nichts Ausdrucksvolleres, Wechselvolleres als ein Dackelgesicht; denn der Dackel ist derjenige unter den Hunden, der ein wirkliches Gesicht hat. Manchmal, wenn ich ganz allein bin und keinen andern Gesellschafter habe als ihn, spreche ich stundenlang mit ihm die tiefsten Dinge über moderne Literatur und Kritik. Das Resultat dieser Dialoge gedenke ich einmal als »Unterhaltungen mit einem Hunde« herauszugeben. Wie köstlich sind auch seine Antworten, wenn er sich in meiner Abwesenheit eine Wurst vom Frühstückstisch geholt hat.

»Ach bitte, verehrter Männe, komm doch mal her!«

Seine ganze Reaktion besteht darin, daß seine Ohren leise zucken.

»Männe!«

Er hebt langsam den Kopf von den Pfoten.

»Hörst du nicht, Männe?«

Er erhebt sich langsam und streckt sich in den Vorderbeinen.

»Hierher, Männe!«

Er wiederholt dieselbe Freiübung in den Hinterbeinen.

»Na?!«

Jetzt läßt er sich langsam herbei.

»Wo ist die Wurst geblieben?«

»Wie meinen?« versetzt er, indem er mit sanftem Augenaufschlag den Kopf auf die Seite legt.

»Wo die Wurst geblieben ist, will ich wissen.«

»Sie verzeihen, ich höre auf diesem Ohr nicht gut,« erklärt er und neigt den Kopf auf die andere Seite.

»Wer hat die Wurst hier weggenommen?«

»Gestatten Sie eine Frage: Was ist Wurst?« erwidert er.

Ich ziehe ihn an seinem Halsband an den Tisch, stelle ihn auf einen Stuhl und deute auf den Teller, um ihm seine Schandtat durch die Sinne in Erinnerung zu bringen.

»Ich danke,« bemerkt er, »ich habe keinen Appetit.«

»Pfui, Männe,« ruf' ich, indem ich ihn schüttele, »du stiehlst Würste? Schäm' dich, du Lump!«

Er blickt mich voll an mit den Augen des Herrn Noirtier und versetzt: »Auf diesen Ton einzugehen verbieten mir Erziehung und Selbstachtung.«

Kurz, es ist ihm nicht beizukommen. Er stellt sich konsequent auf den Standpunkt: »Solange man unschuldig tut, kann man noch Dumme finden, die's glauben«, und erinnert mich dann immer an den bekannten biederen, krummbeinigen Bürgersmann, der es faustdick hinter den Ohren hat und die allgemeine Achtung seiner Mitbürger genießt.

Nun wird mir vielleicht der eine oder andere meiner Leser einwenden, ich übertriebe und schätzte die Intelligenz meines Dackels denn doch gar zu hoch ein. Solchen Opponenten will ich noch ganz was anderes sagen. Die Menschen haben jahrtausendelang die Erde für das Zentrum des Weltgebäudes gehalten und sind furchtbar damit hineingefallen. Dann hat es noch lange Zeit Leute genug gegeben, die da hofften, daß wenigstens der Mensch das Zentrum der Welt sei. Ihre Blamage hat nicht auf sich warten lassen. Daß er Gipfel und Zentrum der organischen Erdenwelt sei, das glaubt der Mensch noch heute. Wie aber, wenn er eines Tages auch von diesem selbstgezimmerten Throne verjagt würde und in irgend einem Tier eine weit intelligentere und ehrenwertere Gattung erkennen müßte? »Oho!« hör' ich einige rufen. Bitte: ich stand vor einiger Zeit vor dem Ladenfenster eines großen Bankiers, allwo man Münzen in Silber und Gold und unzählige Banknoten und Wertpapiere aus aller Herren Ländern, alles in allem ein beträchtliches Vermögen ausgestellt sah. Da kam ein riesiger Hund daher, und was tat dieser Hund? Er warf einen kurzen Blick in das Schaufenster und nahm dann diesen Schätzen gegenüber eine Stellung ein, wie sie die Hunde an Ecken, Bäumen, Laternenpfählen u. dgl. nicht selten einnehmen. Kann ein zynischer Philosoph eine größere Überlegenheit beweisen? Ja, noch mehr; dieselbe Stellung sah ich bald darauf einen Hund vor einem Bücherladen einnehmen, und zwar genau an der Stelle, wo das Buch eines meiner literarischen Gegner – ich will den Namen nicht nennen – ausgelegt war. Wo findet man bei Menschen ein so sicheres Urteil? Nun ja, wendet vielleicht ein Mann von großer Vernunft ein: der Hund weiß eben nicht, welchen Wert eine Obligation der Österreichisch-ungarischen Staatsbahn repräsentiert; man halte ihm aber eine Wurst hin, und man wird sehen, wo seine Überlegenheit bleibt. Das ist ja eine sehr vernünftige und ernsthafte Bemerkung; indessen: ich habe Hunde nach einer Wurst springen, schnappen und lungern sehen, und habe Politiker, Künstler und Gelehrte nach einem Orden springen, schnappen und lungern sehen, und ich muß euch sagen: ich habe stets die Bewegungen des Hundes anmutiger und würdiger gefunden. Und dann, wie gesagt, wenn ich Männe soeben eine Gothaer Zervelatwurst geschenkt habe und im nächsten Augenblick auf Roswitha losfahre, als wollte ich ihr ein Leids tun, so *schnappt* er nach mir mit wütendem Gebell. Bringt mir ein Analogon aus der Menschenwelt.

Nein, ich laß es mir nicht nehmen: der Hund, wenigstens der Dackel, besitzt Qualitäten, die ihn sogar zu hohen Stellungen in unserem Staatswesen berechtigen. Männe zum Beispiel liebt es in Winterszeiten, sich, wenn er nicht über meine Füße verfügen kann, möglichst unmittelbar vor den glühenden Ofen zu legen. Da ich das für ungesund halte, so pflege ich es nicht zu dulden.

»Na –?« ruf ich dann in ziemlich energischem Tone, worauf er leise mit den Ohren zuckt und über die Pfoten hinweg nach mir hinschielt. (Vergleiche die Darstellung von vordem.)

»Na, Männe?!« ruf ich lauter, worauf er langsam den Kopf hebt, ganz wie oben und wie immer.

Ich muß also erst zu ihm herantreten und mit nicht mißzuverstehender Gebärde rufen:

»Gehst du jetzt augenblicklich fort?!«

Dann erhebt er sich, dreht sich einmal langsam um sich selbst und legt sich wieder nieder. Er glaubt damit bei mir die Täuschung zu erzielen, daß er vom Ofen weggerückt wäre.

»Männe, wenn du jetzt nicht sofort –!!«

Da erhebt er sich abermals, dreht sich einmal auf der Stelle, legt sich wieder hin und spricht zu mir mit den Augen eines Engels:

»Sie sehen, ich tue alles, was Sie von mir wünschen.«

Da frage ich: man verwendet die Hunde jetzt auf allen Gebieten, bei wissenschaftlichen Forschungen, bei der Polizei, in der Armee – *warum nicht in der Diplomatie?!*

Um aber vollends ernst zu reden: Wenn ich gesehen habe, wie Tiere von Menschen gequält, geschunden und mit Mühsal überladen wurden, wenn ich den Blick gesehen habe, mit dem ein Pferd die Roheit seines Herrn erträgt, ohne zu vergelten, wie es doch wohl könnte, dann ist mir mehr als einmal der Gedanke gekommen: sie befolgen die Philosophie, die die Menschen von den Kanzeln predigen: Liebet eure Feinde und widerstrebet nicht dem Übel; denn ihm widerstreben, heißt es vermehren. Und dann ist mir noch immer vor meiner Gottähnlichkeit bange geworden.

In Summa: ich lerne Roswithens Sympathien täglich mehr verstehen, und jetzt find' ich auch, daß Männe schön ist, schön wie Engel voll Walhallas Wonne, und weiß auch, woher er die krummen Beine hat. Er wäre sonst zu schön gewesen, darum krümmte ihm der Neid der Olympischen die Beine. Zwar finde ich, daß er bei der guten Kost etwas in die Breite geht, daß er einer Nudelwalze ähnlich wird wie ein zu gut gepflegter erster Held und Liebhaber; aber Roswithens Liebe ist blind. Sie hat mir auch ganz heimlich, damit es Männe nicht höre, ins Ohr geflüstert, was sie ihm zur bevorstehenden Weihnacht verehren will. Sie will ihm ein Halsband sticken, ihm eine Wurst und ein Tannenbäumchen schenken. Das Bäumchen hat sie schon leise herbeigeschafft, als er schlief, und wenn sie an dem Halsband stickt und Männe zur Tür hereinkommt, verbirgt sie es schnell unter dem Tisch. Auch hat sie mir bereits anvertraut, was sie sich zur wiederum nahenden Weihnacht wünscht: ein Lamm, eine Ziege, zwei Kaninchen, einen Laubfrosch, einen Kanarienvogel und noch einen Dackel. »Weiß du warum, Pappi? Denn kriegen sie fürleicht Junge, un denn kriegen wir *immer mehr Dackel*.«

Von zweierlei Ruhm.

Manche Leute erweisen mir die Ehre, mich für berühmt zu halten. Und ich glaube sogar, daß ich es bin. Ich sage das ganz ungeniert, weil der Ruhm, um den es sich hier handelt, eigentlich gar kein Ruhm ist. Wirklicher Ruhm – wenigstens Dichterruhm – kann eigentlich erst nach dem Tode entstehen. Darin irren unsere Kritikaster (wenn sie es auch bestreiten werden): *leisten* kann ein Dichter schon bei Lebzeiten etwas; sogar Faust und Hamlet wurden vor dem Tode ihrer Verfasser geschrieben; aber berühmt, richtig berühmt kann ein Dichter erst nach seinem Hingang werden. Der Graf Zeppelin ist bei lebendigem Leibe berühmt geworden; denn der Wert eines brauchbaren Luftschiffes leuchtet ohne weiteres ein; Kunstwerke aber sind imaginäre Größen. »Herrlich,« sagt der eine, »scheußlich« der andere, und *beweisen* kann keiner von beiden, daß er recht habe. Erst wenn ein Kunstwerk nicht nur zu den Zeitgenossen, wenn es auch zum nachlebenden Geschlecht, ja zu mehreren Geschlechtern mit warmen Lippen gesprochen hat, erst wenn die Zeit, die alle vorlauten Meinungen belächelt, ihr anerkennendes Urteil gesprochen hat, erst dann beginnt den Grabstein des Künstlers jenes magische Licht zu umwittern, das wir mit andächtigem Schauer den »Ruhm« nennen.

Die andere Sorte von Ruhm darf uns mit geringerer Andacht erfüllen. Es ist nämlich die durch unser ausgedehntes Zeitungs- und Verkehrswesen ins Ungewöhnliche gesteigerte Bekanntheit des Namens. Ich wiederhole: des *Namens*. Die Namen Max Klinger und Wilhelm Raabe sind gewiß in weite Volkskreise gedrungen, und wenn man sie nennt, werden weiteste Volkskreise rufen: »Ah – Max Klinger. Alle Achtung. – Ooh – Wilhelm Raabe – das wollt' ich meinen!« Aber bei näherem Nachforschen wird man bald bemerken, daß große Massen dieser Kreise nicht genau wissen, ob Klinger und Raabe berühmte Parlamentarier oder berühmte Chemiker sind, oder ob sie gemeinsam eine berühmte Korsettfabrik betreiben. Nur, daß sie »berühmt« sind, das weiß man.

Ich wollte vor kurzem einen Freund besuchen, der in einem großen Bankhause beschäftigt ist. Ich wandte mich an einen Kollegen meines Freundes und sagte:

»Würden Sie die Güte haben, Herrn X. zu sagen, daß ich da bin? Mein Name ist Otto Ernst.«

»Ah,« rief er ehrfurchtsvoll, »der Komponist!?«

»Ganz richtig,« sagte ich, »der Komponist der Salome.«

»Aaah!« machte er mit tiefer Verbeugung, »darf ich bitten, Platz zu nehmen; ich werde Herrn X. sofort verständigen.«

Diese Art von Ruhm meinte ich mit der zweiten Sorte. Sie bekundet sich u. a. durch die mehr oder weniger stündlich einlaufenden Autogrammgesuche. Wenn man in einer Autographensammlung unter keinen Umständen fehlen darf, dann ist man unrettbar berühmt. Ich bin in keiner Hinsicht Sammler; aber ich kann es verstehen, daß jemand die Schriftzüge eines Menschen besitzen möchte, dessen Werke ihm lieb geworden sind; denn ein gewisses Charakteristikum des Menschen liegt wohl auch in seiner Schrift. Wenn ich merke, daß einer sich wirklich mit meinen Arbeiten befaßt hat, pflege ich deshalb seinen Wunsch nach einem Autogramm wohl zu erfüllen. Aber die Anrede »Hochverehrter Meister!« und die allgemeine Versicherung, daß man meine »sämtlichen Werke mit größter Begeisterung gelesen habe«, überzeugt mich nicht, besonders dann nicht, wenn der Briefschreiber mich konsequent »Herr Otto Erich« nennt. Die Autographensammlerei hat sich nämlich zu einem kompletten Blödsinn, zu einer förmlichen Landplage entwickelt, und 80 Prozent der Sammler denkt gar nicht daran, jemals einen Blick auf das Werk derer zu werfen, »deren Schriftzüge ihnen die kostbarste Bereicherung ihres Albums« sein würden. Die lieben kleinen Mädchen sind natürlich hier wie in all dergleichen Dingen die Geriebenen. Sie appellieren an die Eitelkeit des Mannes im Künstler; er soll ihnen glauben, daß sein Bild immer über ihrem Schreibtisch, über ihrem Bett hänge, daß ein Autogramm von ihm »der sehnlichste Wunsch ihres Lebens« sei und sie »unendlich selig« machen würde usw. usw. Man sieht förmlich die armen Wesen sich in schlaflosen Nächten auf den tränendurchnäßten Kissen wälzen und den Tag ihrer Geburt verfluchen, weil sie noch immer das Autogramm nicht haben. Es gibt allerdings auch andere. So schrieb eine
– ohne jegliche Anrede –

»Da ich eine eifrige Autographensammlerin bin, so bitte ich höflichst um Ihre Schriftzüge.

Erna . . . .«

Es fehlt nur noch der Zusatz: »widrigenfalls unverzüglich zur Pfändung geschritten werden wird.«

Sehr viel Freude hatte ich auch an dem Brief einer kleinen Engländerin. Sie schrieb:

»Im Anschluß, der von Ihnen so entzuckenden geschriebenen Schriftstucken kann ich es nicht unterlassen, einige Zeilen an Sie hochgeehrter Herr zu richten. Schon lange war es mein sehnlichster Wunsch (siehe da!) ein Autogramm von ihnen zu besitzen« usw. usw.

Als ich meine Schreibweise von einer solchen Kennerin unserer Sprache anerkannt sah, kam ich mir ungemein berühmt vor.

Was diesen Bittgesuchen noch eine besondere Pikanterie verleiht, ist, daß sie häufig mit Strafporto belastet sind. Eine Zugabe, die auch viele der täglich einlaufenden, zur Beurteilung eingesandten Dramen, Romane und Gedichte auszeichnet.

Die Begleitbriefe dieser Sendungen fangen so gut wie ausnahmslos folgendermaßen an:

»Sie werden sich fragen, wie ich, ein Ihnen völlig Unbekannter, dazu komme, Ihnen, der Sie gewiß mit ähnlichen Anliegen überschwemmt werden, beschwerlich zu fallen (ach nein, ich frage mich schon gar nicht mehr; ich kenne meine Antwort) und Ihre gewiß kostbare Zeit (er schickt aber doch!) für die wohlwollende Prüfung des beifolgenden Dramas in Anspruch zu nehmen. Ich würde es auch nicht wagen, wenn ich mir nicht sagen dürfte, daß hier ein Fall vorliegt –«

Der Fall liegt nämlich immer vor. Ich kann aber ohne Übertreibung versichern, daß ich, wenn ich alle diese »Ausnahmefälle« lesen und gewissenhaft prüfen wollte, auf jede eigene Produktion verzichten müßte. »Nu, *wenn* schon –« werden manche der Einsender denken; aber so denke ich eben nicht. Man tut ja, was man kann; obwohl Gustav Falke recht hatte, als er mich vor kurzem fragte:

»Hast du denn deine Erstlinge an Berühmtheiten zur Prüfung geschickt?«

»Nein,« sagte ich.

»Na also; ich auch nicht,« sagte Falke.

Aber gleichwohl, man tut, was man kann, wenn einem die »Berühmtheit« nicht gar zu sauer gemacht wird. Das kommt aber vor. Einer z. B. verlangte dieser Tage achterlei von mir: Ich sollte

1. sein Stück lesen,
2. dessen Mängel beseitigen,
3. es bei einer Bühne anbringen,
4. einen Verleger besorgen,
5. die Höhe der mutmaßlichen Tantièmen angeben,
6. mich bei gewissen Zeitungen für ihn verwenden usw. usw.

Vorschuß verlangte er von mir nicht. Aber auch das gibt es. Zu einem meiner Freunde kam ein Mann und sagte:

»Ich habe eine glänzende Schwankidee; die könnten wir gemeinsam bearbeiten. Der Erfolg ist sicher.« (Ist immer sicher.) »Solch ein Schwank bringt erfahrungsgemäß 60 000 M. ein. Strecken Sie mir meine 30 000 M. vor.«

»Wieso?« sagte mein Freund, »strecken Sie mir meine 30 000 M. vor.« Aber so sicher schien dem Männe der Erfolg nicht. Er hatte wohl auch nicht so viel bei sich.

Einige dieser Herren Kollegen bestimmen gleich die Zeit, innerhalb deren die Prüfungsarbeit zu leisten ist.

»Soeben meine Komödie beendet,« heißt es in einem solchen Schreiben mit kühner Partizipialkonstruktion, »richte ich an Sie die ergebenste Bitte, ob Sie gewillt wären, mit mir dieses Stück einmal an Abenden nächster Woche durchzugehen.« Und um sein Vorgehen zu rechtfertigen, schreibt derselbe Herr:

»Hat Schiller, Deutschlands Lieblingsdichter, nicht immer seine Werke nach der Beendigung erst seinem Freunde, dem geistvollen Goethe zur Durchsicht gegeben? – ja, und Letzterer nahm diese Ehre auch mit großem Danke an.« (Die Folgerung ergibt sich von selbst.) »Gleiches taten noch ferner viele andere Dichterfürsten.«

»Wer kann da widerstehen?« hat er sich gedacht. Am hübschesten hab ich in diesem Briefe immer den »geistvollen Goethe« gefunden. Es ist so, als wenn man sagte: »Der strebsame Beethoven« oder »der anstellige Bismarck«.

Die resolutesten Herrschaften dieser Art schreiben einfach: »Ich werde mir erlauben, am nächsten Sonntag zu Ihnen zu kommen und Ihnen das Stück vorzulesen.« Darauf pflege ich freilich zu antworten: »Sie werden *nicht*, mein Herr oder meine Gnädige.« Ich halte das für qualifizierte Erpressung. Einmal habe ich das durchlebt. Es war ein armes Weib, dem ich nichts Angenehmes sagen *konnte* und nichts Unangenehmes sagen *mochte*. Die Martern des Guatimozin sind ein Sonnenbad gegen solche Qualen. Seitdem bringt mich ein Besucher dieser Art nicht mehr zum Sitzen.

Ganz etwas anderes ist es, wenn, wie vor einigen Jahren, ein Mann zu mir kommt und erklärt: »Ich bin ein Dichter, wie er in hundert Jahren nur einmal vorkommt. Mit Dichterlingen wie Hauptmann und Sudermann bitte ich mich nicht zu verwechseln. Mein Stück steht auf gleicher Höhe mit dem »Hamlet«, nur, daß es weit dramatischer ist.« Eine solche Unterstützung vereinfacht die Arbeit bedeutend; man stimmt einfach zu.

Und ebenso klar lagen die Verhältnisse bei einem jungen Mädchen, das mir schrieb:

»Hiermit erlaube ich mir, Ihnen sechs meiner von mir verfaßten Gedichte zu übermitteln; ich schrieb dieselben ohne *jegliches* Vorstudium und brauchte für jedes Gedicht zirka zehn Minuten .... Wenn ich mich der Schriftstellerei vollständig widme, werde ich nur humoristische Skizzen schreiben, da ich auf dem humoristischen Gebiet zu Hause bin.«

Das ist sie ohne Zweifel, und das hab' ich ihr auch geschrieben.

Die feste Überzeugtheit ist auch ein durchgehendes Merkmal derer, die nicht mit fertigen Schöpfungen, sondern mit »brillanten Stoffen« an den »Berühmten« herantreten. »Das ist wirklich passiert!« – mit diesem Satze glauben sie jeden Einwand beseitigt.

»Das ist Wort für Wort Tatsache!« erklärte mir solch ein Mann. »Sie glauben gar nicht, wie gemein sich die Verwandten meiner Frau gegen sie benommen haben.«

»Das kann ich mir denken,« sagte ich höflich.

»Nein, das können Sie sich gar nicht denken.«

»Dscha – wenn Sie meinen –«

»Ja, und nun wollten wir gern 'n Roman daraus gemacht haben. Meine Frau könnte das ja auch machen; aber sie hat keine Zeit zu so was.«

»Und nun meinten Sie, daß ich . . .«

»Ja.«

»Na – schreiben Sie einmal alles auf, was Sie erfahren haben, recht klar und wohl geordnet« (in diesem Augenblick bemerkt man regelmäßig auf dem Gesicht des Besuchers eine deutliche Enttäuschung) »und dann schicken Sie's mir *durch die Post*; dann werde ich Ihnen ebenfalls *durch die Post* meine Meinung schreiben.« Dies ist die einfachste Methode.

Oder ich schicke sie, in dem christlichen Gefühl, daß man auch seinen Kollegen ein Vergnügen gönnen soll, zu einem andern. »Gehen Sie mal nach Blankenese, da wohnt Gustav Frenssen, der macht es Ihnen sofort, oder, wenn der nicht will, gehen Sie zu Liliencron, der tut's sicher. Grüßen Sie die Herren von mir.«

Sehr nett war auch der Mann, der mit der ungemein dramatischen Idee »Grün Tuch« zu mir kam.

»Im ersten Akt,« rief er begeistert, »ist es das grüne Tuch des Försters. Im zweiten das grüne Tuch des Bureautisches. Im dritten das grüne Tuch von Monte Carlo. Im vierten« – hier wurde er schmelzend – »das grüne Tuch der Natur – Frühling. – verstehen Sie?«

»Vollkommen. Und –?«

»Das wird kolossalen Erfolg haben, Sie werden sehen. Wollen Sie das bearbeiten? – Ich würde Ihnen natürlich einen Teil der Einnahmen abgeben!«

Immerhin war dieser grüne Stoff noch reichlicher bemessen als der »Stoff« eines Jünglings, der mir schrieb:

> »Ein talentvoller junger Mann, dem es seine Eltern an Ausbildung nicht haben fehlen lassen, der aber besonderer Umstände halber trotzdem das väterliche Geschäft erlernt, glaubt auf Grund seiner Fähigkeiten zu etwas Höherem geboren zu sein, wird aber durch seine Eltern jedesmal abgehalten und gezwungen, sein Geschäft weiter zu verrichten. Die Lösung dieser Frage bleibt ja nun dem Bearbeiter dieses Werkes (nämlich mir) überlassen, und ist der Phantasie weitester Spielraum gelassen.«

Unverkennbar. Diese Sublieferanten haben aber mitunter noch eine Kehrseite. Nehmen wir an – nicht dieser junge Mann; ich kenne ihn nicht und will ihm nicht unrecht tun – aber irgend einer wäre mit derselben Idee zu Schillern gekommen und Schiller hätte dann seine Jungfrau von Orleans geschrieben, so hätte Schiller ganz wohl erleben können, daß jener ihn öffentlich des Plagiats oder doch der unlauteren Benutzung seiner Ideen bezichtigt hätte. Man hat Beispiele.

Natürlich sind alle solche Petenten »begeisterte Verehrer und Bewunderer« unserer sämtlichen Werke. Und es ist nett, wenn man dann gelegentlich merkt, daß sie einen mit Tolstoi oder mit der Verfasserin der »Berliner Range« verwechseln. Das Hübscheste leistete aber doch der Ungar, der mich übersetzen wollte. Er schrieb mir:

> »Ich bin einer Ihrer Schwärmer und möchte gern Ihr reizendes Stück »In Behandlung« übersetzen.«

Nun ist »In Behandlung« wirklich ein reizendes Stück; aber es ist von Max Dreyer. Ich schrieb denn auch zurück, daß ich gegen die Übersetzung nicht das Geringste einzuwenden hätte.

Und da wir einmal bei der österreichisch-ungarischen Monarchie sind, so will ich noch erzählen, was sich – sagen wir: in Graz ereignete. Es war nicht Graz; aber sagen wir eben deswegen »in Graz«. Ich hatte eine Vorlesung gehalten, und nach der Vorlesung kam ein stürmischer Student zu mir, ein jugendlicher Idealist. und bat mich, ich möchte doch mit ihm zur Frau v. G. kommen, sie sei sehr geistreich und eine große Verehrerin von mir; sie lasse mich zum Souper bitten; es kämen noch sechs oder sieben andere Herrschaften, die alle darauf brennten, mich persönlich kennen zu lernen. Ich hatte meine Erfahrungen, sträubte mich heftig und erklärte, daß ich viel lieber mit ihm und seinen Kommilitonen einem zwangloseren Vergnügen obliegen würde; aber ich merkte bald, daß ein Preis auf meinen Kopf gesetzt war und daß er sich anheischig gemacht hatte, mich tot oder lebendig einzuliefern. Ich wurde schwach und ließ mich hinschleifen. Es waren auch wirklich eine ganze Anzahl Damen und Herren da, die mich sämtlich, einer nach dem andern, fragten, ob ich schon einmal in Graz gewesen sei. Natürlich mit Abwechslung in der Form, aber mit merkwürdiger Übereinstimmung des Grundgedankens:

»Sind Sie zum erstenmal in Graz?« oder

»Waren Sie schon mal in Graz?« oder

»Sie sind wohl nicht zum erstenmal in Graz?« usw.

Ein bizarrer Geist fragte mich, in welchem Hotel ich abgestiegen sei. Nun hab' ich gar nichts gegen solche Fragen als Gesprächseinleitung; aber die ganze Unterhaltung bestand aus solchen Einleitungen. Es fiel mir auch auf, daß die Dame des Hauses mich als »Herr Otto« vorstellte – so vertraut waren wir doch noch gar nicht – aber ich dachte mir: sie hat sich versprochen. Das Essen in diesem reichen Haufe war deprimierend, niederschmetternd und überzeugte mich davon, daß die gnädige Frau mich nur sehr oberflächlich kennen müsse. Der stürmische Student tat, was ich selbstverständlich niemals tue: er brachte das Gespräch auf meine Schriften, und ich bemerkte deutlich, daß die gnädige Frau an meiner Seite unruhig wurde. Aus Mitleid mit ihr suchte ich dem Gespräch eine andere Wendung zu geben; aber der Student war hartnäckig; er faßte immer wieder nach. Da sah ich es plötzlich hell aufleuchten im Antlitz der Dame, ein erlösender Gedanke mußte ihr gekommen sein.

»Sie sind doch gewiß aus einer Waldgegend, nicht wahr?« sprach sie zu mir mit begeistertem Lächeln.

Ich blickte unwillkürlich an mir hinunter, ob ich etwas Waldmenschliches an mir hätte. »Warum meinen Sie das, gnädige Frau?«

»Nun, Ihr neuestes Stück spielt doch mitten im Walde, nicht wahr? Ich konnte leider nicht zur Premiere kommen –«

»Im Walde?« wiederholte ich staunend.

»Theo!« rief sie jetzt ihren Gatten an, der bereits vor Verlegenheit schlotterte und die Augen verdrehte, »du erzähltest mir doch von dem Förster und dem Gutsherrn, die im Streit miteinander liegen, und der Förster schießt dann den Sohn des andern tot . . .«

Die ganze Gesellschaft saß »kalt durchgraut«, und Theo starrte sein Weib an wie Belsazar die Wand mit der Flammenschrift. Die Bejammernswürdige meinte den »Erbförster«. Meine Verehrerin hielt mich für dessen Verfasser, der allerdings auch Otto heißt.

Ich glaube, daß ich nun deutlich genug jene mumpiziöse Art des Ruhmes gekennzeichnet habe, die mit dem Menschen, seinem Werk und seinem Verdienst nicht das Geringste zu tun hat, die nichts ist als eine Resonanz in hohlen Köpfen und offenen Mäulern, und die deshalb allerdings vortrefflich in unsere Zeit paßt. Und ich hoffe, nicht den Verdacht erweckt zu haben, als wollte ich Erhabenheit über die Anerkennung der Mitlebenden posieren. Die Dichter, die uns versichern, daß es ihnen vollkommen gleichgültig sei, ob ihre Bücher gekauft und gelesen würden, bewundere ich aus innerstem Herzen; aber ich glaube ihnen nicht. Ich las noch in diesen Tagen wieder die herrlichen Briefe Th. Fontanes an seine Familie. Der feine, bescheidene, adlige Mann freute sich von Herzen jedes ehrlichen Lobes, und erhielt mit bittersten, kräftigsten Worten nicht zurück, wo Unverstand und Bosheit es ihm versagten.

Der Tagesruhm – das hab' ich zu sagen vergessen – zerfällt eben auch wieder in zwei Unterabteilungen. Als ein zeitgenössischer

Dichter nach der Première seines Stückes die Räume eines deutschen Hoftheaters verließ, fiel ihm ein junges, fremdes und obendrein hübsches Mädchen um den Hals und drückte ihm einen kräftigen Kuß auf die Lippen. Solch eine Trophäe würde ich bis ans Lebensende bewahren und keinem andern gönnen. Den »Ruhm« aber, den ich in dieser Plauderei beschrieben habe, würde ich an etwaige Reflektanten mit Vergnügen abgeben. Ohne Entgelt. Bei Abnahme des ganzen Postens liefere ich frei ins Haus.

Die späte Hochzeitsreise.

Als sie sieben Jahre verheiratet waren, machten sie ihre Hochzeitsreise. Es ging nicht eher. Sie hatten nämlich geheiratet, als er ein Einkommen von 1500 Mk. jährlich hatte. Das kann man Frechheit nennen; man kann es aber auch Liebe nennen. Zwar erhielt er nach etwa einem Jahr ein Schriftstellerhonorar, für das sie hätten reisen können, wenn nicht ein Kind gekommen wäre und sofort die Hand auf dieses Geld gelegt hätte. Im nächsten Jahre aber gelang es ihm, als Vorleser bei einem alten Herrn einen hübschen Nebenverdienst zu erwerben, der gerade für das zweite Kind reichte. Da fiel ihm im dritten Jahre ein Preis für eine wissenschaftliche Arbeit zu, für den sie sicher eine Reise gemacht hätten, wenn das diesjährige Kind das Geisteskind nicht aufgewogen hätte. Die nächsten zwei Jahre brachten keinen Nebenverdienst und nur ein Kind.

Als er dann aber zum zweiten Male einen Preis errang und als sein Gehalt um zweihundert Mark erhöht wurde, und als ihre Ehe schon zwei Jahre lang unfruchtbar gewesen war, da beschlossen sie, für dreihundert Mark eine Reise nach Thüringen zu machen.

»Deutschland ist das Herz Europas«, das hatte er als kleiner Junge in der Schule gehört. Es klang etwas anmaßend; aber ein Deutscher mocht' es immerhin glauben. Thüringen mußte nach allem, was er davon gehört und in Bildern gesehen hatte, das deutscheste Land der Deutschen, mußte das Herz des Herzens sein. Und dort zog es die beiden hin.

Siebenundfünfzig Abende hindurch arbeitete er an den Plänen, und bei allem mußte er denken: Was wird sie für Augen machen, wenn sie das sieht. Hätte er alle Genüsse dieser Gedankenreise bezahlen müssen – ein langes Leben voll Arbeit hätte nicht gereicht, die Zinsen dieser Schuld zu erzwingen. In den letzten Tagen ging er wirklich daran, die Kosten zu berechnen. Da fand sich, daß, wenn er sehr sparsam zu Werke gehe, etwa ein Zehntel seiner Pläne verwirklicht werden könne.

Und in den letzten Tagen wurde sein tapferes Weibchen feige. Der Junge habe so heiße Wangen und das Jüngste habe in der letzten Nacht einmal gehustet. Ihr Herz konnte sich nicht von den Kindern lösen. Er stellte ihr vor, wie sehr sie einer Erholung bedürfe – das verschlug gar nichts. Da spielte er mit roten Backen und glänzenden Augen den vollständig Angespannten, Übermüdeten, Niedergebrochenen. »Es gibt für eine Familie keine bessere Kapitalsanlage als die sorgfältigste Pflege des Ernährers,« machte er ihr klar. Das sah sie ein. Der Abschied von den Kindern, die unter der Obhut ihrer Schwester blieben, war nichtsdestoweniger noch eine Katastrophe und erschien ihr wie bethlehemitischer Kindermord.

Aber in der Eisenbahn wurde sie völlig anderen Sinnes. Es ist etwas Eigenes um die Eisenbahn. Sie hat etwas Fortreißendes, Unerbittliches, Unwiderrufliches. Aussteigen während der Fahrt ist bei Schnellzügen nicht anzuraten, und so findet man sich schnell in das Unabänderliche. Auch sie erfaßte nun der ganze, springende Jubel des Losgebundenseins, der den Reisebeginn zu einer so unvergleichlichen Freude macht, und die beiden benahmen sich wie ausgerissene Schulkinder. Zwei Minuten lang saßen sie rechts, drei Minuten lang links; fünf Minuten lang fuhren sie vorwärts, vier Minuten lang rückwärts; bald saß sie auf seinem Schoß, bald er auf ihrem, bis sie ihn aufstöhnend fortstieß: »Uff, geh' weg, du dicker Mensch.« – Dann lachten sie, dann küßten sie sich, dann tanzten sie, dann küßten sie sich wieder, kurz: es war ein großes Glück, daß sie das Abteil ganz für sich allein hatten.

Als der Zug zum ersten Male hielt, öffnete ein Mann die Tür und machte Miene einzusteigen. Das Gesicht der jungen Frau zeigte grenzenlose Überraschung, wie wenn jemand ungerufen bei einer Königin eingetreten wäre; seine Augen aber schleuderten Blicke, die auch der eingefleischteste Optimist nicht als Einladung auffassen konnte. Über das Gesicht des Fremden huschte ein lächelndes Verstehen: Aha – Hochzeitsreisende. Er schloß die Tür und suchte sich einen andern Platz.

»Das ist ein guter Mensch!« sprach sie mit frommer Rührung.

»Ein vornehmer Charakter,« bestätigte er.

Aber als sie weiterfuhren, kamen sie in eine Gegend mit gemeinen Charakteren, die einstiegen und lange sitzen blieben. Wann werden wir endlich Kupees für Hochzeitsreisende haben!

Auf dem Bahnhof einer großen Station nahmen sie das Mittagsmahl ein. Suppe, Fisch, Braten und Pudding für eine Mark fünfundsiebzig. Er betastete das dicke Portemonnaie in seiner Tasche und bestellte ½ Flasche Mosel.

»Hast du dir das jemals träumen lassen, daß wir noch einmal wie die Fürsten dinieren würden?« flüsterte er ihr ins Ohr.

»Nein.« sagte sie mit langsamem Kopfschütteln und blickte träumend über ihr Glas hinweg ins Weite.

Er kam sich vor wie ein Parvenu und gelobte sich, seinen Wohlstand mit Geschmack zu tragen.

Die Nichtswürdigkeit der Bevölkerung schien mit dem Quadrat der Entfernung zu wachsen; bald saß das ganze Kupee voll, und draußen im Schatten waren es 30 Grad. Zwei dicke Bauernweiber saßen da in dicken Wollkleidern und die Kopfe in dicke Wolltücher gewickelt; sie wollten nicht dulden, daß ein Fenster geöffnet werde. Darüber geriet ein cholerischer Herr in die größte Aufregung; aber unser Paar vermochte kein Mitgefühl für ihn aufzubringen; denn erstens: warum war er eingestiegen? und zweitens: wie kann man sich ärgern, wenn man durch lauter Sonne fährt, wenn man sozusagen geradeswegs in die Sonne hineinfährt?

So kamen sie nach Eisenach, und bevor sie ein Hotel suchten, suchten sie mit ihren Blicken die Wartburg. Da ragte sie aus Waldwipfeln empor ins Abendlicht. Welcher Deutsche sucht nicht schon in Kindertagen mit den Augen der Seele die Wartburg? Von weitem hörten sie die Stimme Walthers von der Vogelweide und Wolframs von Eschenbach, sahen sie das stille Gemach des Bibelübersetzers und sahen sie die flammenden Feuer der Burschenschaft wie brausenden Aufschwung junger Herzen in altgewordener, bittertrauriger Zeit.

Und tief enttäuscht waren sie, als sie am folgenden Tage mit vielen andern durch die Räume der Burg geführt wurden und der »Führer« in schauderhaftem Deutsch allerlei ungewaschenes, unnützes Zeug schwatzte. Warum gab man den Besuchern nicht einen Zettel mit dem Nötigsten in die Hand? Wenn man ihnen schon ein Notwendiges zum Schauen nicht gewähren kann: Einsamkeit, warum gewährt man ihnen nicht wenigstens das Notwendigste:

Schweigen? Wer spricht denn laut, wenn Wolfram singt und Dr. Martinus sinnt? Und wenn zwei Liebende das Geschenk solcher Stunden mit einem einzigen, einem verdoppelten Herzen empfangen, und wenn eines von ihnen, in der Furcht, es möchte dennoch dem andern ein Hauch des Glückes entgehen, den Mund auftun muß, wird er nicht flüstern vor der Gegenwart des Vergangenen? Wie wenig, deutsches Volk, kennst du deine Schätze, wenn du sie nicht besser zu zeigen verstehst.

So waren sie nicht in der Wartburg, als sie drinnen waren; erst als sie wieder bergab stiegen und zwischen grünem Laub nach ihr zurückschauten, da lag sie wieder vor ihnen im Morgenrot der Sage, da wagten sie wieder einzutreten und ein Jahrtausend lang durch ihre Räume zu wandeln.

Und Gott sei Dank. Vor dem Denkmal Johann Sebastians störte niemand den Zwiegesang ihrer Herzen, mischte sich niemand ein, als sie entrückten Ohres singen hörten: »Kommet, ihr Töchter, helft mir klagen« und »Wir setzen uns mit Tränen nieder.«

Auf dem Markte kauften sie Kirschen, und am Abend saßen sie am offenen Fenster ihres Hotelzimmers, sahen den Mond aus dem Hörselberge hervorsteigen und schoben die besten Kirschen, die sie fanden, einander in den Mund. Oder sie faßte den Stiel einer Kirsche mit den Zähnen, und er pflückte mit dem Munde die Frucht von ihren Lippen.

»Sind wir nicht viel zu verliebt für so alte Eheleute?« fragte sie furchtsam.

»Wenn du noch einmal so etwas sagst, benehme ich mich gesetzt,« drohte er.

»Hast du mich noch so lieb wie vor sieben Jahren?« fragte sie, die Hände auf seine Schultern legend.

»Sieben mal so toll,« sagte er. »Und so wird es weiter wachsen mit den Jahren.«

»Allmächtiger!« rief sie erschrocken. Aber dann schmiegte sie sich in seinen Arm und fragte: »Glaubst du, daß schon jemals ein Paar eine so schöne Hochzeitsreise gemacht hat?«

»Nie!« versetzte er mit vollkommener Bestimmtheit. Und er mußte wieder sinnend in die Vergangenheit blicken, die im Mondlicht
auf den Bergen lag. Er machte eine Hochzeitsreise. Mit voller Börse.
An der Seite eines solchen Weibes sah er Thüringen, die Wartburg,
sollte er Weimar sehen, Weimar. Und jetzt, in diesem reizenden
Hotelzimmer, saß er mit ihr allein am Fenster. Bei solchem Mond-
schein. Und aß die schönsten Kirschen. Du lieber Gott, wie viele
Menschen gab's denn, denen *das* zuteil wurde.

»Und es ward aus Abend und Morgen ein Tag«; wer immer im
Rausch ist, der bedarf kaum des Schlafes; sie nippten vom Schlaf
wie Vögel aus dem Bach: ein Tröpfchen und husch – davon. Es war
nicht ein Rausch wie vom Wein, nein: viel leichter und darum viel
seliger, ein Luftrausch, ein Lichtrausch, ein Lebensrausch. Sie ent-
schlummerten spät unter halbgeträumten Worten, und ihr frühes
Erwachen war nur ein anderer Traum.

Freilich, im Lichtrausch kann man sich übernehmen, wenn es sich
um physisches Licht handelt: das sollten sie erfahren. Sie hatten sich
beim Frühstück verspätet – es plauschte sich so unendlich gut mit
ihr beim Morgenimbiß – und machten sich erst um neun auf den
Weg. Alles, wessen sie auf ihrer kurzen Reise bedurften, führten sie
mit sich; eine strotzende Reisetasche hatte er sich umgehängt; ein
Köfferchen trugen sie bald gemeinsam, bald trug er's allein. Sie
hätten es wohl mit der Post vorausschicken können; aber man mußte sparsam sein. Es war eine seiner Schwächen, daß er sich ein Ta-
lent zum Sparen einbildete. So schritten sie schlank ein munteres
Tal hinauf, ein Tal voll blinkender Wasser unter hängendem Ge-
zweig, voll moosiger Felsen und blitzender Schwalben, ein Tal voll
Sonntag. Die Burschen standen im Sonntagsputz vor den Türen
zusammen und schmauchten mit feiertäglicher Umständlichkeit;
die Mädchen schafften noch an Herd und Brunnen, im Gang und
im Blick schon den kommenden Tanz. Was Wunder, daß unser Paar
alsbald zu singen begann. Und was anders konnten sie singen als:

> »Ich hört' ein Bächlein rauschen
> Wohl aus dem Felsenquell,
> Hinab zum Tale rauschen
> So frisch und wunderhell«

und

> »Eine Mühle seh ich blinken
> Aus den Erlen heraus,
> Durch Rauschen und Singen
> Bricht Rädergebraus«

und das seltsame Lied mit der wundersamen Stelle:

> »Und da sitz' ich in der großen Runde,
> In der stillen, kühlen Feierstunde,
> Und der Meister spricht zu allen:
> Euer Werk hat mir gefallen«

ein Lied, das aus der Werkstatt kommt und wie aus einer Kirche klingt und uns mit unbegreiflichem Zauber offenbart, daß Arbeit Schönheit und daß Ruhe nach der Arbeit ein frommer Gesang ist. Nie begreift, wer es aus solchen Liedern nicht begreift, daß es ein eigenes Ding ist um das deutsche Vaterland. Ja, sie waren altmodisch, diese beiden Hochzeitsreisenden; sie sangen Franz Schubert und Wilhelm Müller, die man in unseren Konzerten kaum noch hört, weil sie nicht neu genug sind. Hier waren ihre Lieder jedenfalls neu; hier sprangen sie plätschernd aus dem Stein hervor; hier wuchsen sie ihnen von jedem Zweig wie Kirschen in den Mund; hier sang sie jeder Vogel, und jeder Fels hallte sie wieder. Da, vor dem Tor am Brunnen stand der Lindenbaum, und da – horch:

> »Von der Straße her das Posthorn klingt!
> Was hat es, daß es so hoch aufspringt,
> Mein Herz?«

Und als der siebenjährige Ehemann im Walde sang:

> »Durch den Hain, durch den Hain
> Schalle heut *ein* Reim allein:
> Die geliebte Müllerin ist mein, ist mein!«

da klang es so merkwürdig, daß die zwanzig Schritt vor ihm herwandelnde Geliebte stehen bleiben und sich nach ihm umschauen mußte, obwohl sie nie in ihrem Leben Müllerin gewesen war. Er aber machte die zwanzig Schritt in dreien, warf den Koffer ins Moos und gab ihr einen einzigen Kuß, der aber unter Verliebten seine zwölfe wert war.

>O Kuß in eines Walds geheimstem Grund!
Fernoben über Wipfeln rauscht die Welt
Und weiß es nicht, daß unten, Mund auf Mund,
Zwei Welt- und Selbstvergessene versinken!
Der Lippen Duft wie junges Tannengrün,
Und tief im trunken-stillen Blick ein Licht,
Das hoch herab von heiliger Wölbung fällt!
O sternendunkler Abgrund, ende nicht
Und laß uns ewig deine Dämmerung trinken –«

Indessen: der Abgrund tat ihnen nicht den Gefallen; sie traten aus dem Hain auf eine Chaussee. Chausseen können sehr schön sein, wenn sie wollen; aber gewöhnlich wollen sie nicht. Es war Mittag geworden, und bis zu dem Orte, wo sie die Eisenbahn erreichen wollten, waren es noch zwei Stunden. Nach ungefährer Schätzung mußten es jetzt einige Grade über dreißig im Schatten sein; aber das interessierte hier um deswillen nicht, weil die Chaussee keinen Schatten hatte. Immerhin konnte man, wenn man nicht kurzsichtig war, das Ende der Landstraße absehen, und dann – überhaupt: konnte man *sie* mit Sonnenschein schrecken? »Sonne ist gerade was Feines,« riefen sie und schritten mit höhnischem Trotz in den Zügen fürbaß. Sie schätzten die in weißglitzerndem Lichte vor ihnen liegende Straße auf eine gute Viertelstunde; aber man unterschätzt diese Landstraßen. Nach einer guten halben Stunde erreichten sie das Ende; aber dieses Ende war ein neuer Anfang.

>So knüpfen ans fröhliche Ende
Den fröhlichen Anfang wir an«

sang er, und sie schritten weiter. Vorsichtiger geworden, schätzten sie das vor ihnen liegende Stück auf eine kleine halbe Stunde; aber man unterschätzt diese Landstraßen. Nach ¾ Stunden kamen sie endlich ans Ende; aber dieses Ende war ein neuer Anfang. Sie waren offenbar auf einen weiten Umweg geraten; die Augen eines jungen Weibes sind eben keine Landkarte. Sie schritten weiter; aber singen tat er nicht mehr; das Klima war der Stimme nicht günstig. Immerhin war es ein Trost, daß das Stück vor ihnen höchstens eine halbe Stunde sein konnte; aber man unterschätzt diese Landstraßen. Selbstverständlich trug der sparsame Mann schon seit langem das ganze Gepäck; aber das drückte ihn nicht; ihn drückte das Gefühl: sie überanstrengt sich. Freilich versicherte sie auf seine Fragen immer wieder lachenden Gesichts, sie fühle sich vollkommen wohl und frisch; aber das beruhigte ihn nicht; sie, die Wahrhaftigkeit selbst, konnte, wenn es ihm Beschwerden zu verbergen galt, lügen wie ein Dichter, das wußte er. Nach dreiviertel Stunden sahen sie Dächer. Ha, das Ziel. Als sie aber an das Dorf kamen, da hieß es ganz anders. Sie erfuhren, daß sie bis zu ihrem Ziel »nur« noch eine halbe Stunde zu gehen hätten. Er wollte sie überreden, in diesem allerdings wenig versprechenden Dorfe zu rasten; aber sie sagte: »Wenn ich jetzt sitze, steh ich nicht wieder auf. Jetzt halten wir schon aus bis ans Ende.« So war sie. Wenn sie die Ausdrucksweise der Landbewohner besser gekannt hätten, hätten sie gewußt, daß diese immer nur halb mit der Sprache herauskommen. Nach einer halben Stunde sahen sie den ersehnten Ort aus der Ferne. Er vertrieb ihr und sich die Zeit mit einem anmutigen Spiel. Bei jedem fünften Schritt nickte er mit dem Kopfe, und dann fiel von seiner Stirn ein Schweißtropfen in den Sand. Eins, zwei, drei, vier, fünf – ein Tropfen; eins, zwei, drei, vier, fünf – ein Tropfen usw. Sie lachte, und so kamen sie endlich in den erstrebten Ort, in das erhoffte Wirtshaus, in die ersehnte schattige Stube und auf die in visionären Wüstenträumen erschaute Bank. So. Der Rest war Schweigen. Hier wollten sie den Rest ihrer Tage verbringen. Hier sollte man sie abholen, wenn man sie einmal begraben wollte.

Sie stützten den Kopf in beide Hände und starrten einander an wie zwei, die sich schon irgendwo einmal gesehen haben müssen. Der Kellner fragte, ob die Herrschaften etwas zu speisen beliebten.

»Trinken,« gurgelte er.

»Wasser,« sagte sie drei Minuten später.

»Mit Kognak!« fügte er nach zwei Minuten schnell hinzu.

Dann schob er ihr ein Stückchen von dem dreimal wöchentlich erscheinenden Kreisblatt zu, das auf dem Tische lag und das heute, am Sonntag, mit zwei Seiten Text und vier Seiten Anzeigen erschienen war. Er las, daß der Bauer Henneberg ein Paar Ochsen billig verkaufen wolle. Sie las, daß Dr. Miquel einen Urlaub angetreten habe. Dann las er, daß Frau Hasenbek seine Herrenwäsche übernehme. Und dann las sie, daß der Amtsgerichtssekretär Ranke in den Ruhestand getreten sei. Und dann las er wieder, daß der Bauer Henneberg ein Paar Ochsen billig verkaufen wolle; denn vordem hatte er es nicht ganz erfaßt. So saßen sie zwei Stunden lang einander gegenüber. Dann dachten sie ans Essen und erhoben sich, um sich von dem Staub der Wanderung zu befreien. Als sie zur Tür schritten, machten sie in ihren Bewegungen jenen rührenden Eindruck, den wir bei Betrachtung Philemons und seiner Baucis empfangen.

»An diesem Tage gingen sie nicht weiter.« Sie fuhren mit der Eisenbahn, und als sie in ihr Zimmer geführt wurden, erlebten sie ein Wunder. Unter ihrem Fenster, unter mächtigen Bäumen rauschte der Bach über ein breites Wehr. Da standen sie nun und waren ganz befangen von solchem Zauber. Der Niederdeutsche kennt kein rauschendes Wasser. Er hat breite, stillfließende Wasser und brüllende, donnernde Meerflut; aber er kennt nicht den ewigen Gesang rauschender Bäche, kennt nicht diese unermüdlichen Märchenerzähler des Gebirgs, die von den Höhen, aus den Wäldern kommen mit immer neuer, nie gehörter Sage. Und so konnten sie sich, so müde sie waren, nicht satt trinken an diesem Gesang, aus dem sie immer und immer wieder deutliche Worte zu vernehmen glaubten, und als sie sich schon zur Ruhe gelegt hatten und sie leise vor sich hinsang:

»Was sag' ich denn vom Rauschen?«

da fiel er sogleich ein:

»Das mag kein Rauschen sein!
Es singen wohl die Nixen
Tief unten ihren Reih'n –«

und so verflocht sich ihnen der sanfte Zauber des Abends mit dem frohen Wanderglück der Frühe, und es ward aus Abend und Morgen ein andrer Tag.

Auf der nächsten Station ihrer Reise stürzten sie nach dem Postamt. Es waren Briefe da vom Hause. Auch einer von ihrer Schwester. Sie riß das Kuvert auf und las. Er stand ein wenig hinter ihr und sah, wie ihr eine dicke Träne die Wange herunterlief.

»Ist was geschehen?« rief er.

»Nein, nein!« rief sie lächelnd.

Ach so! Die Schwester berichtete natürlich über die Kinder, und da regten sich Sehnsucht, Heimweh und Gewissen im Herzen dieser neuen Medea, dieser Doppel-Medea; denn sie hatte vier Kinder. Er sagte sich, daß er als Reisemarschall diesem Rückfall durch besondere Munterkeit und ein besonders hinreißendes Tagesprogramm begegnen müsse. Sie reichte ihm den Brief; er war zur Bestätigung der Angaben der Tante von sämtlichen Kindern »eigenhändig« unterzeichnet, auch vom zweijährigen.

»Fabelhaft begabtes Geschlecht!« rief er.

Aber die Kindesmörderin aus Vergnügungssucht reagierte nicht auf seinen Scherz; sie wandte sich ab und befaßte sich eingehend mit ihrem Schnupftuch. Und – o weh! – als sie wieder ins Freie traten, da weinte auch der Himmel über seine Kinder! Und ganz im Verhältnis ihrer Anzahl! Flucht ins Hotel – das war der einzige annehmbare Gedanke.

Da saßen sie nun am offenen Fenster und freuten sich am Regen und freuten sich, wenn die Bergkuppen aus den Wolken hervordrangen und wenn sie wieder verschwanden. Es gibt Menschen, die nur klare Bergspitzen und weite Fernsichten lieben. Und es gibt Menschen, die auch zu umwölkten Höhen mit ahnender Andacht hinaufschauen, die es lieben, wenn Berge mit Wolken ringen. Solcher Art waren sie. Stundenlang schauten sie hinein in das wogende Grau, das ihren Augen nichts weniger war denn ein Einerlei. Sie hatte leise ihre Hand in die seine gelegt; da mußte er daran denken, wie sie an jedem Abend seine Hand suchte, bevor sie entschlummerte. Er erhob sich, ging an den Tisch und begann zu schreiben. Nach einiger Zeit kam er mit einem Blatt zu ihr und sagte:

»Ich hab' was.«

»Ja?!« rief sie leuchtenden Auges. Sie wußte, was er habe; sie schmiegte sich in seinen Arm und er las:

Was Ortrun sprach.

Gib wie immer deine liebe Hand,
Eh' ich eintret in des Schlummers Land.
Sollst im Dunkel mir zur Seite stehen,
Mit mir durch des Traumes Garten gehen.

Sieh' das ist das Süßeste vom Tag,
Daß ich deine Hand noch fassen mag,
Wenn des Tages Ängste von mir sinken
Und des Schlummers milde Schatten winken.

»Meine Zuflucht«, klingt in mir ein Wort,
»Meine Zuflucht«, klingt es immerfort.
Alle, die dich lieben, die dich hassen,
Endlich müssen sie dich *mir* nun lassen.

Deine Hand nur fühl ich noch allein;
Alles Andre mag verloren sein.
Ach, in mancher Nacht war mir's verliehen,
Dich im Traum mit mir hinwegzuziehen:

Auf den Lippen noch ein Wort vom Tag –
Leise dann des Traumes Flügelschlag –:
Schon mit dir in schweigendem Umschlingen
Hört' ich ewig-stumme Sterne singen.

Und in fernen Himmeln noch empfand
Ich den leisen Druck der teuren Hand,
Wie ein volles, heiliges Umfassen:
»Schreite fest, ich will dich nicht verlassen.«

Soll mir deine Hand erhalten sein,
Tret ich gern in jedes Dunkel ein;
Muß es doch nach allen Schrecken bringen
Einen Traum, in dem die Sterne singen. –

Er schwieg und fragte dann zärtlich: »Ist es so?«

»So ist es,« sagte sie leise, ihm voll in die Augen blickend. »Woher wißt ihr's nur, ihr Dichter, ihr Schrecklichen?«

Als er nun sah, daß er ihr Herz getroffen hatte, da ergriff ihn das Lyriker-Delirium. Der gewöhnliche, friedliche Bürger hat keine Vorstellung von dem Freudenwahnsinn, der den Menschen ergreift, wenn er meint, daß ihm ein Lied gelungen sei. Ein Lyriker mag mit Bühnenwerken die reichsten Lorbeeren errungen, er mag für seine Romane alles empfangen haben, was die Mitwelt zu geben vermag; er mag als Staatsmann ein Reich gegründet, als Feldherr ein Dutzend Schlachten gewonnen und als Erfinder einen vollkommenen Flugapparat erdacht haben – kein Triumph und kein Flugapparat wird ihn so hoch erheben wie der Gedanke: ein Lied, ein Lied ist mir gelungen. Ein Lied ist ihm das Köstlichste, was er vom Himmel empfangen, und das Köstlichste, was er an seine Mitmenschen weitergeben kann. Ein großer Lyriker war es, der eines Tages sagte: »Wenn mir ein Gedicht geglückt ist, kann ich mich vor Jubel nicht fassen; ich muß etwas haben, das ich umarme, und wenn ich keinen Menschen habe, so nehme ich einen Stuhl und press' ihn ans Herz.« Man sagt, daß die Frauen nach der Geburt eines Kindes ein Gefühl unendlichen Jubels und seligster Ermattung überkomme. Genau so ist es den Lyrikern nach der Entbindung; nur daß sie durch nichts in der Welt zu bewegen sein würden, still zu liegen wie die Frauen. Wenn unser junger Ehemann ein Gedicht vollendet hatte, dann tanzte der hohe Wöchner von einem Zimmer ins andere, vom untern Stockwerk ins obere und vom oberen wieder ins untere, küßte sein Weib und seine Kinder ab, tanzte mit ihnen Ringelreihen, um sie plötzlich loszulassen und wieder abzuküssen, holte die Flasche Wein aus dem Keller, wenn sie noch da war, machte an dem Turnreck zwanzigmal die Bauch- und die Rückenwelle, spielte durch Haus und Garten Haschen mit Weib und Kindern und schrie dabei wie in seinen blühendsten Flegeljahren, und wenn er ausgegangen war, kehrte er mit Geschenken für die Seinigen beladen wieder heim. Der Gedanke: »Ein Denkmal habe ich mir errichtet, dauernder denn Erz«, läßt keine ökonomischen Bedenken aufkommen; wer ein Gedicht gemacht hat, ist der reichste Mann des Weltalls, wenn er sich auch 48 Stunden später überzeugt, daß es mit dem neuen Gedicht verteufelt wenig auf sich habe.

Als die Tischglocke ertönte, sprangen sie Hand in Hand die Treppen hinunter, und da sie ihn noch immer strahlend anblickte, fragte er heimlich: »Also hat's dir gefallen?« Und als sie vielsagend eifrig nickte und ihm unter dem Tische die Hand drückte, daß es weh tat, da rief er:

»Na, dann, Kellner, eine ganze Flasche Markobrunner.« Am Notwendigsten sparte er nicht gern.

Der Kellner verneigte sich mit gütigem Lächeln und flüsterte dem Wirt ins Ohr: »Eine Markobrunner – für die Hochzeitsreisenden.«

Als der Wein eingeschenkt war, führte er sein Glas mit der Miene des Kenners an die Nase. Es war Markobrunner für Hochzeitsreisende; aber unser Freund schien von dem Resultat der Untersuchung äußerst befriedigt, und er sagte leuchtenden Auges:

»Herz, laß uns darauf trinken, daß es unsern Kindern einmal ebenso ergehe. Aber« – fügte er schnell hinzu – »es soll ihnen nicht in den Schoß fallen; sie sollen sich's erkämpfen wie wir; das ist das Köstlichste, was wir ihnen wünschen können.«

Dann brachte er ihr zu Ehren einen Damentoast aus; dann trank sie auf sein jüngstes Gedicht; dann tranken sie auf die Freunde, die »leider« nicht dabei sein könnten, und endlich rief er:

> »Von der Quelle bis ans Meer
> Mahlet manche Mühle;
> Und das Wohl der ganzen Welt
> Ist's, worauf ich ziele.«

Und dann sprangen sie anmutig beschwipst – es war ein kräftiger Markobrunner gewesen – wieder hinauf in ihr Zimmer und holten aus ihrem Gepäck ein Bändchen Goethe hervor.

Der Himmel schien noch heute bis auf den letzten Tropfen bezahlen zu wollen, was die Hitze der vorhergehenden Tage an Feuchtigkeiten kontrahiert hatte. Und seltsam: es war unsern Reisenden gar nicht mehr unlieb. Wenn zwei Liebende sechs Jahre lang von sehr lebendigen Kindern und sehr lebendigen Pflichten, Sorgen und Mühen umschwirrt gewesen sind und sich dann plötzlich in der Ferne, eingeregnet, in einem Hotelzimmer einander gegenüber finden, dann erwacht in ihnen ein seltsames, ein ungeahntes Gefühl, das Gefühl: Endlich allein. Eine Empfindung bemächtigt sich ihrer, daß ihre innersten Seelen seit langem eigentlich nicht miteinander gesprochen haben, daß sie sich viel und mancherlei zu sagen haben, von dem sie selbst nicht gewußt haben, daß es in ihnen sei. Während sie einander nahe gegenübersaßen, sie ihm gelegentlich sanft mit der Hand über die Stirn strich, er ihr gelegentlich zärtlich die schmale Hand streichelte und einer des andern Bild mit inniger forschendem Blick zu erfassen suchte, sprachen sie Ernstes und Fröhliches, Lautes und Leises, das in einsamen Stunden in ihnen erwacht und ihnen wohl auch auf die Lippen gekommen, dort aber vom schnellen Strom des täglichen Lebens hinweggeschwemmt worden war. Und als der Abend herannahte, da fanden sie, daß kein Tag ihrer Reise schöner gewesen sei als dieser »verlorene«. Und als sie wieder einmal gemeinsam in den Himmel schauten – da entfuhr ihnen gleichzeitig ein halblauter Freudenruf: im Westen blickte durch das Grau ein winzig Stücklein erhellten Himmels, wie ein verweintes Auge, das, noch unter Tränenschleiern, zum ersten Male wieder aufmerksam ins Leben starrt, noch nicht wünschend, noch weniger hoffend, nur erst wieder betrachtend mit kaum bewußter Teilnahme. Und das himmlische Auge ward größer und größer, klarer und klarer, heitrer und heitrer, und unser Paar schritt mit aufjauchzenden Herzen hinaus in eine wiedergeborene, schöpfungsfrohe Natur.

Und diesen Abend machten sie einen Fund, der ihm köstlicher denn Gold und Perlen war. Sie fanden eine Wiese, an einem sanft abfallenden Hügelhang, von jungen und alten Bäumen umstanden. Über diese Wiese finden wir in seinem Tagebuche folgende Zeilen:

»Im Thüringer Wald ist eine Wiese, die alles zur Ruhe singt, was in dir an Sorgen und Bangen ist. Ja, sie singt; denn ihr Grün, ihre Schatten und ihre Lichter, ihre Bewegung und ihr Schweigen sind ein ununterbrochener seliger Gesang. In diesem Gesange sah ich goldene Stunden meiner Vergangenheit wandeln, die ich vergessen hatte, Stunden und Tage mit ihrem eigensten Gesicht, ihrem eigensten Ton und Gange. Am Rande, im Schatten der Bäume, sah ich die höchsten und heiligsten Gedanken meines Lebens ruhen, sah ihre Züge, ihre Augen im Glanze der Minute, da ich sie empfangen, verstanden und ans Herz gedrückt hatte. Und über den abendlich glimmenden Wipfeln der Bäume zogen selig schwebend dahin meine Hoffnungen, meine Ahnungen, die aus dieser Erdenenge hinaufstreben in eine größere Welt. Auf dieser Wiese grünt der Glaube; wer sie erschaut, der trinkt sich Glauben an die Heiligkeit der Welt für ewige Tage. Die Welt, die solche Augen hat, kann im Grund ihrer Seele nicht lügen.

Ich sage nicht, wo diese Wiese liegt; denn sogleich würden Tausende kommen und rufen: »Wo ist das Besondere? Das können wir auch anderswo sehen!« O Ihr Blinden! Nichts kann man auch anderswo sehen. Jedes Stück der Welt, das zwischen zwei Augenlidern Platz hat, ist ein Wesen wie ich und wie jedes von Euch, mit eigener Seele und eigener Stimme, mit Zügen und Augen, die niemals wiederkehren. Und die doch, wenn sie vergangen sind, wie wir vergehen, ewig aufbewahrt bleiben im Weltall. Alles ist einzig und alles ist ewig.

In den morgenfrischen Bäumen
Hing ein letzter Hauch der Nacht,
Und die Blumen machten Augen
Wie ein Kind, wenn es erwacht. –

Holder Schreck entriß mich plötzlich
Lächelnder Versunkenheit –:
Eine Rose hat geduftet
Wie ein Lied aus Kinderzeit.

Eilends sucht' ich: Welche war es? –
Duft und Blüte weit und breit. –
Doch nicht andren Duft vernahm ich;
Aufgetan die Seele weit,

Ging ich atmend, dürstend, sehnend
Durch des Gartens Herrlichkeit –
Und ich hab' sie nicht gefunden,
Die mich rief aus ferner Zeit.

O, ich seh' es, euer Lachen,
Schnell und klug zum Spott bereit!
Seid gewiß, in regen Lüften
Weiß mein Herz von je Bescheid.

Aufgehoben bleibt im Ganzen

Jedes Atems leises Weh'n;
Einst an einem großen Morgen
Wirst du's lächelnd wiederseh'n.

Eine Rose hat geduftet
Wie ein Klang aus Kinderzeit;
Duft und Klingen, Heut' und Gestern
Weben all' an *einem* Kleid.

Niemals hab' ich Schillers Klage um die Entgötterung der Natur verstanden.

»Diese Höhen füllten Oreaden,
Eine Dryas lebt' in jenem Baum,
Aus den Urnen lieblicher Najaden
Sprang der Ströme Silberschaum.«

Ist das nicht heut' wie einst? Seht ihr's nicht wandeln auf den Bergen, hört ihr's nicht lachen und seufzen aus jedem Baum, hört ihr's nicht singen an jeder Quelle mit überirdischer Stimme? Ihr vernehmt es mit höheren Sinnen, und mit leiblichen Sinnen vernahmen's auch die Griechen nicht.

Nein, o nein, keine Philosophie und keine Religion kann die Natur entgöttern; denn sie ist selber Gott.

Geht hin und suche jeder seine Himmelswiese; denn jedem liegt sie anderswo. Auch meinem Weibe, auch meinen Kindern, und das ist ein Weh in allem Glück. Aber meine Geliebte verstand mein Schweigen und ehrte mein Gebet.«

Als sie auf der nächsten Poststation ihre Briefe in Empfang nahmen, die wieder erfreuliche Nachricht vom Hause brachten, da fiel ihm aus einer eingeschriebenen Sendung eine Banknote in die Hände. Ein Honorar! Fünfzig Mark, auf die er gar nicht gerechnet hatte. Er hielt ihr das hübsche Stück Papier vor die Augen und schrie ganz leise »Juhuhuuu!!« Und als sie ins Hotel zurückgekehrt waren, zog er den Wirt auf die Seite und redete vertraulich mit ihm. Der Wirt hörte ihm offenbar mit Vergnügen zu und eilte dienstbereit von dannen.

»Wollen wir nicht aufbrechen?« fragte sie.

Er hob geheimnisvoll den Finger, machte ein hohenpriesterliches Gesicht und sagte dunkel: »Noch nicht.«

Als sie nach einigen Minuten wieder fragte: »Warum gehen wir denn nicht, du Schlingel?« da hob er noch geheimnisvoller den Finger, machte ein noch hohenpriesterlicheres Gesicht und sagte noch dunkler: »Noch nicht.«

Und dann fuhr ein schöner Landauer mit zwei tatenfrohen Braunen vor.

Sie sah ihn mit ungläubigem Lächeln an. Er aber rief:

> »Jehann, nu spann de Schimmels an!
> Nu fahrt wi mit de Brut!
> Un hebbt wi nix as brune Per,
> Jehann, so is't ok gut!«

und lud sie mit seiner galantesten Handbewegung zum Einsteigen ein.

Während er noch mit dem Kutscher sprach, konnte sie mit den strahlenden Augen nicht von ihm lassen. Wer kennt nicht die herrliche »Hochzeitsreise« von Moritz von Schwind, kennt darin nicht den anmutigen Zug, wie die junge Frau zur Seite rückt und dem geliebten Gefährten gar bereitwillig Platz macht in Erwartung gemeinsamer Freude! So drückte sie sich in die Ecke und konnte kaum erwarten, daß er einstieg.

Der Wirt, ein Mann von etwas familiärem, aber vortrefflich gemeintem Benehmen, wünschte ihnen noch, daß der Fortgang ihrer Ehe so fröhlich sein möge wie der Anfang.

»Also haben Sie gemerkt, daß wir Hochzeitsreisende sind?« fragte unser Freund.

»Freilich,« versetzte der Alte, »dafür bekommt unsereins einen Blick.«

»Jaja,« rief der Ehemann lachend, »wir sind allerdings noch in den ersten Flitterjahren. Hü, Kutscher.« Die Pferde zogen an.

»Du ahnst nicht, wie dankbar ich dir bin,« flüsterte sie an seinem Ohr, »ich war ein wenig übermüdet – nun bin ich selig.«

Und freilich – fußwandern bleibt zwar immer das Schönste – aber nächstdem gibt es nichts Leib- und Seelenvergnüglicheres als zu zweien im Wagen eng aneinander geschmiegt durch die Lande zu rollen. Sie fuhren durch stundenlangen Tannenwald; in unabsehbaren Reihen ragten die streng emporstrebenden Stämme in den Himmel, eine meilenlange Orgel, aus der der Wind das Morgenlied der Schöpfung spielte. O, ein geheimnisvolles Ding, mit munteren Rossen durch tiefen Wald zu fahren. Dem seitwärts schweifenden Blick erschienen in fernsten, niebetretenen Waldgründen seltsamgestaltige Wunder, die scheu wieder ins Dunkel tauchten, wenn das Auge sie fester erfassen wollte; mit großen Augen lugte es hinter düsteren Stämmen hervor – ein Reh? – eine Dryas? – das verzauberte Brüderlein der treuen Schwester? – oder war es Schmerzenreich, das Kind der armen Pfalzgräfin? Und manchmal schaute zwischen fernen, fernen Tannen ein Stück des Himmels in die Schauer der Waldnacht herein, dann war es ihnen, sie sähen einen gotischen Dom mit riesenhohen, bunten Fenstern und sie wären dem Tempel nah, der die smaragdne Schale vom Tisch des Heilands birgt und der ewigen Frieden bringt denen, die ihn finden. Wenn aber der Wagen lautlos über moosigen Grund fuhr, dann vernahmen sie dumpfes, fernes Stimmengewirr versammelter Männer. Ihr wißt, daß man in stillen, dichten Wäldern die Stimmen einer unsichtbaren Versammlung hört. Das ist das Thing derer aus Niflheim und Jötunheim; sie beraten über den großen Kampf, in dem sie die Einherier vernichten wollen, die Einherier, die über den Wipfeln lächelnd dahinziehn.

Als sie aber nun über eine sonnige Hochfläche fuhren und Wiesen und Äcker in allen Farben vor ihren Blicken lagen, da ergriff ihn ein lustiger Größenwahn; er sprang von seinem Sitz in die Höhe, beschrieb mit der Linken einen weiten Bogen und rief:

»Sieh, Herz, alles unser! alles dein. Ein Teppich für deine Füße! Wer kann sich das leisten!«

Und sie ergriff seine Rechte, zog sie an die Lippen und flüsterte mit ihrem schalkhaftesten Lächeln:

»Mein sparsamer Mann. Mein unverbesserlicher Geizhals. Mein Harpagon.«

Und so kamen sie nach Ilmenau. –

»Anmutig Tal, du immergrüner Hain,
Mein Herz begrüßt euch wieder auf das beste.«

Schon dieser Anfang hatte ihm immer zu den Wundern der Kunst gehört. Mit zwei Worten erschließt ein Dichter ein heiteres Gefild, und mit einem einzigen Griff bringt er die Harfe des Waldes zum Klingen, und alles horcht auf und flüstert: »Still – still. Der da beginnt, das muß ein großer Meister sein.«

Und die Herzen voll dieses Klangs, durchschritten sie das anmutige Tal und stiegen den immergrünen Hain hinauf zu jener Höhe, wo der herrliche Wanderer sein Nachtlied an die Wand eines Bretterhäuschens geschrieben hatte. An Stelle des niedergebrannten Häuschens hat man dort, in nachgeahmter Dürftigkeit, ein neues »altes« Häuschen errichtet. Sie gingen nicht hinein; sie wollten es nicht sehen; sie wandten ihm den Rücken zu und schauten über das abendlich beglänzte Wipfelmeer in die Ferne. Keines sprach ein Wort; aber im stillen Herzen sprachen's wohl beide:

»Über allen Gipfeln
Ist Ruh,
In allen Wipfeln
Spürest du
Kaum einen Hauch;
Die Vögelein schweigen im Walde.
Warte nur, balde
Ruhest du auch.«

31 Jahre war er alt gewesen. als sich dies Lied aus seiner Seele gelöst hatte, ein glückverwöhnter, blühender Mann, die Schöpfungsgewalt für eine neue Welt hinter der Stirn, die Flügelspannung eines emporschwebenden Adlers im Hirn und in der Brust. Groß war die Welt, groß und schön und berauschend süß. Aber vielleicht das Beste nach allem war die Ruhe.

Sie sprachen auch nur wenige, abgebrochene Worte, während sie zu Tale stiegen. Das Dunkel brach herein. Da legte er den Arm um ihre Hüfte und sprach: »Wie wird's uns sein, wenn wir nach Weimar kommen!«

Und sie kamen nach Weimar. Der Weimarer Bahnhof – darüber kann keine Meinungsverschiedenheit bestehen – hat weder etwas Imponierendes noch Feierliches, noch Stimmungsvolles, oder sonst Angenehmes. Aber als sie ihren Fuß auf den Bahnsteig setzten, hatten sie das Gefühl: »Ziehe deine Schuhe aus von deinen Füßen; denn das Land, darauf du stehest, ist ein heiliges Land.« Sie gingen schon durch die Sophienstraße, aber sie gingen vollends über den Viadukt und durch die Rollgasse, als das alte Weimar vor ihnen auftauchte, mit den zitternden Herzen der Kinder am Weihnachtabend dahin. Es war auch Abend und schon so spät, daß sie das Hotel nicht mehr verließen. Viele Stunden lang lag er schlaflos in seinem Bette: er war nun da, wirklich da, er selbst, an der tausendmal ersehnten Stätte seines heiligsten Knaben- und Jünglingslebens; er atmete mit den erhabenen Genien dieses Ortes dieselbe ambrosische Luft. Denn das war das Seltsame: in diesem neuen Weimar stand unversehrt das alte und drängte jenes in den Hintergrund; was vor 70, vor 100 Jahren gestorben und untergegangen war, das lebte, stand und wandelte hier so gegenwärtig wie nur je – die Häuser, Straßen und Menschen von heute aber waren Schatten. Es war eine schlaflose, heilige Nacht; erst gegen Morgen schlief er ein paar Stunden und erhob sich dann mit einem fröhlichen Kraftgefühl, das ihm die Geister seiner Jugend gebracht hatten.

Die beiden machten zunächst einen Orientierungsspaziergang durch die Stadt, und dieser Anfang verlief nicht allzu erhebend. Vor dem Doppeldenkmal trat nämlich ein überaus freundlicher alter Herr mit höflichem Gruß auf sie zu und sagte:

»Dies sind nu also die beiden kreeßten Tichter, wo mir ha'm. Links is Keethe, un rechts is Schiller. Schiller is, wie Se seh'n, ä bißchen kreeßer als Keethe; aber dafier is der Keethe widder breider in de Schuldern. Was se da in der Hand halten, das is ä Lorbeergranz. Keethe will Schillern den Lorbeergranz iberreichen; awer Schiller sagt: »Nee, behalt du'n.« Der Schiller is immer ä sehr edler Mensch gewäsen. – Da hinder den beiden säh'n Se das alde Dheader, wo noch de kreeßten Machwerge von den beiden sin aufgeführt wor'n.«

Unser Freund dankte verbindlich für die Belehrung und lüftete zum Abschied höflich den Hut.

Als sie an der Ecke des Theaterplatzes vor dem Wittumspalais standen, stand der gastliche Fremde wieder neben ihnen.

»Das is nu also das sogenannte Widmungsbalais, wo de Herzogin Anna Amalchje dadrinn kewohnt hat.«

»Soso!« machte unser Freund. »Sagen Sie mal, warum heißt es eigentlich »Widmungspalais«?«

»Nu, das is ja sehr einfach. Das hat nämlich der tamaliche Kroßherzog, der hat es also der Anna Amalchje kewidmet, damit daß se drin wohnen soll.«

»Aha!« machte unser Freund, »aha!« lüftete abermals den Hut und sagte »Adieu!«

Aber der menschenfreundliche Herr nahm keine Notiz davon; er geleitete sie vor das Schillerhaus und sagte:

»Dies is also nu das Haus, wo der unschterbliche Schiller kewohnt hat –«

»Jawohl, jawohl!« riefen unsere beiden und schritten eilends weiter. Sie gelangten zum Fürstenplatz, und als sie vor dem Reiterstandbilde Carl August's standen, hörten sie hinter sich eine Stimme:

»Dies is nu also der Fürscht, der wo die sämtlichen Tichter eichentlich erst ins Läben gerufen hat.«

»Schick ihn doch weg,« flüsterte sie.

»Ja, aber wie? Ich werd ihm Geld anbieten.«

»Ach nein, das geht doch nicht!« flüsterte sie errötend.

Aber es ging. Der gefällige Bürger steckte die dargebotene Mark Lösegeld ein und empfahl sich. Der Typus war ihnen ganz neu; denn in Norddeutschland lungert man nicht.

»Endlich allein!« jubelte sie, und nun zogen sie in Frieden weiter. Nur noch einmal kamen sie in Gefahr, »geführt« zu werden. Im Sterbezimmer Schillers hörten sie einen Erklärer reden, der von der Armut Schillers in einem so ergreifenden Tremolo sprach, als wenn er selbst darunter noch heute zu leiden habe und hier daher erhöhte

Trinkgelder am Platze seien. Unser Paar wartete, bis die betreffende »Tour« zu Ende war und trat dann allein in das Heiligtum.

Die Deutschen haben keinen heiligeren Ort. »Wieviel Marmor,« dachte unser Freund, »wieviel Gold und Elfenbein, wieviel Seide, Samt und Edelgestein müßte wohl ein prachtliebender Fürst aufeinanderhäufen, um einen Raum zu schaffen von solcher Hoheit und von solchem Glanz. Wem hier nicht Tränen der Sehnsucht, Tränen des Triumphes ins Auge treten, dem ist der tiefste Quell seiner Seele versiegt. »Der wahre Bettler ist doch einzig und allein der wahre König.« Der dies göttliche Wort sprach, war auch solch ein Bettler.

Mit umflortem Blick betrachtete unser Paar die Gegenstände. die der erhabene Mann durch seine Berührung geadelt hatte. Sie hatten beide keine Begabung für den Fetischdienst, und gegen Götter- und Götzendienst empörte sich von je sein menschlicher Stolz. Aber die Geister, die diese Stadt erhellten, waren nicht Götter in Wohlsein und Müßiggang, waren nicht in Allmacht und ambrosischen Leibes geboren; sie hatten gelitten und gerungen, gerungen mit ihren eigenen Mängeln und Gebrechen und waren aus Menschen Götter geworden. Vor solchen Heiligen ist Verehrung nicht Erniedrigung, ist Verehrung eigener Triumph.

Gerade als sie diese Stätte verlassen wollten, kam der Führer zurück und begann im Grabestone des fest angestellten Leidtragenden: »In diesem ärmlichen Gemache –«

Aber unser Freund drückte schnell seine Hand in die des Mannes und sagte gedämpften Tones: »Ich weiß alles.«

Ja, dieses Schillerhaus, dieses Goethehaus, dieses Wittumspalais, dieser Park mit seinem Gartenhäuschen, diese unsichtbare Stadt, vor der man die sichtbare nicht sah: das war Elysium. Ein besseres, höheres, heiligeres Elysium als das der Alten. Ein Elysium der Arbeit. Gewiß: das gab diesen kleinen, niedrigen, bescheidenen, selbst in den Schlössern bescheidenen Räumen, die an Luxus manchmal hinter der Wohnung eines Handwerksmeisters von heute zurückstehen: das gab ihnen jene unvergleichliche Vornehmheit, daß der hohe Geist der Tätigkeit niemals aus ihnen gewichen war; aus der seligen Welt der Gedanken fällt noch heute ein Strahl in diese Gemächer und Gänge und umspielt die bestaubten Schokoladentäßchen, die verstummten Lauten und Spinette, die verlassenen Spieltische und die verwaisten Maskeradenkostüme mit einem fernher scheinenden Sternenlicht. Das machte auch das Arbeitszimmer am Frauenplan, dieses andere Allerheiligste der Deutschen, zu einer Insel der Seligen. 50 Jahre lang hatte er hier wirken, schaffen und ringen dürfen. 50 Jahre lang hatte er hier verkehren dürfen mit den freundlichsten und besten Geistern, die zu den Irdischen herniedersteigen. Kein Fleck der Erde hat ein reicheres und höheres Glück gesehen als dieses Zimmer. O, unsere Liebesleute wußten sehr wohl, daß Kleinheit und Häßlichkeit, daß Dummheit und Neid an diese Männer herangekrochen waren wie an andre und mehr als an andre Menschen; sie waren nicht unerfahren genug, um zu glauben, daß es ein Leben ohne Alltag gebe; es war ein kleines Nest gewesen, das Weimar von damals, und die Gewöhnlichkeit macht sich um so breiter, je enger sie mit der Größe zusammenwohnt. Aber das blieb bestehen: Kein Fleck der Erde hatte ein höheres und reicheres Glück gesehen als dieses Zimmer.

Und dann standen sie in der Fürstengruft an den Särgen der Dioskuren. Es gibt ein Gedicht von Nepomuk Vogl, in dem erzählt wird, wie ein Mann sich vom Totengräber das Grab der Mutter zeigen läßt. Als er davor steht, spricht er:

> »Ihr irrt, hier wohnt die Tote nicht.
> Wie schlöss' ein Raum so eng und klein
> Die Liebe einer Mutter ein.«

In erweitertem und erhöhtem Maße hatten sie dies Gefühl vor den Sarkophagen Schillers und Goethes. Das Grauen, das uns vor den Gräbern vergänglicher Menschen befängt – hier hat es keine Stätte. Fast hätten sie gelächelt, als ihnen der alte Mann, der sie in die Gruft begleitet hatte, allen Ernstes versicherte, in diesen Särgen ruhten Goethe und Schiller. Sie kamen ja her von den Stätten, wo sie lebten und wirkten im Licht der Sonne. Tod, wo ist dein Stachel, Hölle, wo ist dein Sieg?

Und noch an einem andern Grabe verweilten sie in freundlicher Trauer: an der Ruhestatt Christianens auf dem alten Jakobskirchhof. »Wenn ich zu befehlen hätte,« sagte unser Freund, »so ruhte sie neben ihm in der Fürstengruft.« Und sein junges Weib ergriff seine herabhängende Hand und drückte sie fest, sehr fest und gar lange. Es war das Weib, das ihm dankte.

Als sie zum ersten Male den Park besuchten, führte sie ein halbidiotischer Gärtnerlehrling durch Goethes Gartenhaus. Er schien nur substantive Begriffe zu haben; denn er sagte nichts als »Arbeitszimmer!« – »Schlafzimmer!« – »Küche!« und stieß diese Worte mit einer mürrischen Vehemenz hervor. Nur als die junge Frau einmal fragte: »Wohin geht es denn da?« da gebrauchte er das Adverbium »Raus!!« Sie hatten sonst wohl erlebt, von Halbidioten durch die *Werke* Goethes geführt zu werden; aber denen hatte der wohltuende Lakonismus des Gärtnerburschen gefehlt. Es fragte sich, ob die Verallgemeinerung dieser Einrichtung nicht zum Segen aller Besucher geweihter Stätten gereichen würde.

Sie wanderten hinaus nach Belvedere, nach Ettersburg und vor allem nach Tiefurt. Der Park von Tiefurt – wenn etwas, so gehörte er zu diesem Elysium. Es war ein trüber Tag, und doch – gibt es Wolken oder Nebel, die den Frohsinn dieser Stätte verhüllen können? Er strahlt und kichert durch alle Decken hervor. Ja, das war's, was diese »Lustigen von Weimar«, diese prachtvolle Anna Amalie und ihren Geniehof kennzeichnete: ihr Wirken war nicht finstere Rastlosigkeit, ihr Vergnügen nicht fauler Genuß; Arbeit adelte ihren Frohsinn, Frohsinn adelte ihre Arbeit. So macht man das Leben zum ewigen Fest, und ein ewiges Fest liegt über den Bäumen und Fluren dieses Parks.

Und doch mußte unser Freund fluchen, grimmig fluchen, als sie vor dem mächtigen Steine standen, der in Lapidarschrift den Namen

HERDER

trägt. Ein Schuft hatte seinen Namen daneben geschmiert. Die Besudelung des Steines ließ sich wohl entfernen; aber wer entfernte den Dreck aus solch einer Seele! Welch ein Abgrund naiver Gemeinheit lag in diesem Frevel. »Weiß Gott,« rief unser Freund, »ich bin ein Feind der Prügelstrafe; aber Ausnahmen gibt es doch. In diesem Falle würde ich mit Freuden der Vollziehende sein, und der Hallunke sollte sich über keine Unterschlagung zu beklagen haben.«

Sie hatte große Mühe, ihn zu beruhigen; aber bald verwischte ein seltsam freundliches Erlebnis völlig den widrigen Eindruck. Sie hatten sich dem Schlößchen dieses Parks genähert, und im selben Augenblick, als sie durch den grünumrankten Torbogen in den Schloßhof traten, schlug eine Turmuhr drei Schläge und die Sonne durchbrach siegreich den Nebel. Glücklich überrascht sahen sie einander ins Gesicht: Hieß das nicht »Willkommen«?!

Der letzte Abend ihres Weimarer Aufenthalts gehörte natürlich noch einmal dem Park »am Stern«. Die Bürger von Weimar waren ordnungsmäßig zum Abendessen gegangen; unsere Beiden hatten den Park, hatten die Welt für sich allein; völlig einsam schritten sie am Gartenhause, an der Reitbahn vorüber auf dem breiten Wege, der nach Oberweimar führt. Köstliche Stille ringsum. Da standen auch sie stille – eine Nachtigall schlug liebeselig aus nahem Gebüsch. Und im Osten stand ein herrlicher Stern, so lebendig funkelnd, als ob er zur Erde reden möchte. Da war die Zeit ausgelöscht – nicht anders war die Welt gewesen, als der Bewohner jenes Gartenhauses noch hier wandelte – er war gegenwärtig – unser Freund zeigte nach dem Stern und flüsterte: »Sieh, Herz, das ist Er. Die Nachtigall hat ihn erkannt.«

Von Weimar fuhren sie heim. Sie waren sehr still auf dieser Fahrt; denn die Vorfreude der Heimkehr war noch größer als die Vorfreude der Ausfahrt. Sie hatten Hirn und Sinne voll zu tun; denn von vier Kindern und zwei Eltern mußten sie sich ausmalen, was sie heute dachten, hofften, wünschten und wie sie sich freuen würden.

Als ihr Wagen in die Straße einbog, in der sie wohnten, sahen sie alle Viere im Sonntagskleide vor der Tür stehen.

»Da sind sie.« rief er aufspringend, »alle vier. Vier Kinder, Liebling! Wieviel Hochzeitsreisende gibt's denn, die sich das leisten können!«

Und doch schrie er, als der Wagen vorfuhr, mit furchtbarer Stimme: »Zurück. Zurück. Wollt Ihr zurück, alle Wetter.« Sie wären nämlich unter die Hufe des Pferdes und unter die Räder gerannt, um nur schnell in die Arme der Mutter zu fliegen.

Meine Damen!

Ein ernsthaftes Intermezzo.

Auf meinem Herzen hat sich wieder mancherlei angesammelt, das herunter muß. Ich hab's schon einmal gewagt, Ihnen allerlei Aufrichtiges zu sagen, und die tiefe Verehrung, die ich für Ihr Geschlecht hege, ist noch vertieft worden durch die Güte, mit der Sie es aufgenommen haben. Nach meiner verrückten Art von Galanterie wage ich es heute zum andern Male und darf es sicheren Mutes wagen, weil doch – Sie mögen sich maskieren, wie Sie wollen – Ihr innerstes und eigentlichstes Wesen die Güte ist. Ich bitte, schon hier betonen zu dürfen, daß das ernst gemeint ist.

Es ist ein Scheusal unter Ihnen aufgestanden: die Gleichmacherei. Und zwar ist sie erschienen in ihrer fürchterlichsten Gestalt: als Gleichmacherei der Geschlechter. In den Zeitungen las man vor einiger Zeit, daß die weiblichen Mitglieder des finnischen Parlaments sich durch entschiedenen Verzicht auf Anmut und Schönheit, überhaupt auf jeden weiblichen Reiz auszeichneten, daß sie in ihrem Auftreten und ihrer Erscheinung möglichste Unansehnlichkeit anstrebten und sich von den Männern nicht zu unterscheiden wünschten. Und die englischen »Suffragettes« mißhandeln Schutzleute und werfen den Ministern, die ihnen nicht das politische Stimmrecht gewähren wollen, die Fenster ein. Sie gestatten, daß ich hier zunächst einen längeren Schauder zu überwinden suche –

Es kann bei Heras Granatapfel keinen Menschen geben, der die Gleichwertigkeit des Weibes mit dem Manne ehrlicher anerkennte als ich, keinen, der dem Weibe freudiger den Weg eröffnen möchte zu jedem Beruf und jeder Tätigkeit, die es nach seiner Natur bewältigen kann. Die aktive Teilnahme an der Politik kann man dem Weibe nicht gewähren. Ich will das zu beweisen suchen, indem ich zunächst von einer anderen Tätigkeit spreche, an der ich noch deutlicher zeigen kann, daß das Weib nicht für alle Berufe des Mannes geschaffen ist. Ich meine die Tätigkeit des Richters. Es ist oberstes Erfordernis bei einem Richter, daß er ohne Ansehen der Person urteile. Und es ist natürlichste Eigentümlichkeit des Weibes, daß es von der Person nicht abzusehen vermag. (Selbstverständlich, meine Damen: So und so viele von Ihnen können es doch; es gibt Weiber mit männlichen und Männer mit weiblichen Anlagen, und emanzipierte Frauen forcieren ihre männlichen Eigenschaften – bei solchen Selbstverständlichkeiten wollen wir uns nicht aufhalten; es handelt sich hier nie um Einzelne, sondern um die ganzen Geschlechter.) Wo wäre das Weib, das dem Feinde seines Geliebten Gerechtigkeit widerfahren lassen könnte? Wenn es eins gibt, so ist es kein Weib mehr. Wie der Engländer sagt: Right or wrong – my country! so sagt das Weib: Recht oder Unrecht – mein Geliebter, mein Gatte, mein Kind! und so ist es *recht*. Wenn Lucius Junius Brutus seine rebellischen Söhne zum Tode verurteilt und vor seinen Augen hinrichten läßt, so erweckt das bei aller Furchtbarkeit unsere Bewunderung, ja unsere Verehrung – eine Mutter, die dasselbe vermöchte, könnte nur Entsetzen und Abscheu erregen. Denn das Weib ist in die Welt gesetzt, um die Grausamkeit der Tatsachen und Dinge zu mildern durch Menschlichkeit.

Es gibt ein wundervolles Beispiel für das Gewicht des Persönlichen im weiblichen Urteil und Interesse: ich denke an das Verhältnis der Frauen zur Kunst und zum Künstler. Während der Mann nicht selten über dem Kunstwerk den Künstler vergißt und gar nicht danach fragt, wer das Geigensolo so schön gespielt, wer den Romeo so herrlich dargestellt habe – eine Interesselosigkeit, die ich dem betreffenden Manne nicht als Vorzug anrechne – wird der Frau die Persönlichkeit des Künstlers meistens ebenso wichtig, nicht selten wichtiger als das Kunstwerk, jedenfalls aber immer wichtig und interessant sein. Damit soll den Frauen wahrhaftig nichts Übles nachgesagt sein. Ich sehe gern ab von den Ekstasen der Backfische, denen der Liebhaber Herr Meyer viel, viel wichtiger ist als der ganze Hamlet von Shakespeare, ja, denen Herr Meyer auch unendlich viel interessanter ist als seine Leistung; ich sehe ab von den Damen, die sich dem langbehaarten Pianisten heimlich mit der Schere nähern, um ihm eine, wenn auch niegekämmte Locke zu rauben, obwohl es immerhin bezeichnend ist, daß der Künstler- (und Künstlerinnen-) Kultus ganz vorwiegend von weiblichen Wesen gepflegt wird. Ich sehe endlich vollständig ab von eigentlich erotischen Interessen. Jenes intensive Interesse an der Persönlichkeit habe ich beobachtet und kann man fortdauernd beobachten an sehr ernsten, sehr vornehmen, an edelsten und keuschesten Frauen und Jungfrauen.

Dieses intensive Interesse ist Liebe, meine Damen. Halten Sie Ihren Widerspruch noch zurück.

> »Bewundern ist und lieben eins beim Weib;
> Der mehr Bewunderte ist mehr geliebt,«

läßt Gutzkow seinen Ben Jochai sagen. Freilich: aus dem Ben Jochai spricht die Eifersucht, und was er sagt, ist die argwöhnische Übertreibung eines Eifersüchtigen. Aber doch enthalten seine Worte eine tiefe und feine Beobachtung. Das Weib kann nicht bewundern und verehren, ohne zugleich mit Liebe zu lohnen. Darum sind Frauen so oft die opfermutigsten und unermüdlichsten Apostel großer Männer gewesen. Und es ist eine Liebe, die Sie nicht zu leugnen brauchen, meine Damen, eine Liebe, die Gatten, Liebhaber, Kinder und alle Bevorrechteten in ihrem Besitz unangetastet läßt. Liebe ist nun doch einmal so heute wie zu Antigones Zeiten der Beruf des Weibes, und ein echtes, gesundes Frauenherz ist an Liebe unerschöpflich.

Im Kampf und Handel der Welt entscheiden bei allen Schlußabrechnungen nur die Dinge, nur die Tatsachen, nur das Recht. Mehr als unser Recht haben wir nicht zu verlangen; selten wird es uns ganz, und wenn uns unser vollgemessenes Recht wird, so bleibt noch das tiefe, traurige Wort bestehen, das summum jus summa injuria, daß das höchste Recht zugleich das höchste Unrecht ist. Denn nicht als Maschinen sind wir in die Welt gestellt, sondern als Menschen, die eine Persönlichkeit haben und denen höchstes Unrecht geschieht, wenn sie nur nach ihren Leistungen, nur nach ihren realen Erfolgen, nur nach ihrem Recht gewertet werden. Und wieder, wie immer bei tieferer Betrachtung, erkennen wir das wunderbare Gleichgewicht der Welt, in die das Weib gestellt ward, damit es – nicht etwa nur den Mann – nein, damit es den Menschen über sein Recht, über seine individuelle Einsamkeit und Kleinheit hinaus emporziehe an die Brust der Liebe.

Es ist damit, wenn ich diesen Vergleich wählen darf, wie mit unserm Geburtstag. Daß ich geboren bin, das ist für die Welt und für mich vielleicht eine sehr belanglose Tatsache. Ein Wiener Zoologe soll denn auch gesagt haben: »Das Feiern von Geburtstagen und Jubiläen ist eine Sitte, die man bei den Tieren nicht beobachtet.«

Nun, dann ist es eben eine menschliche Sitte, und zwar eine gute. Einmal im Jahre muß man dem Menschen sagen: Es ist doch gut, daß du da bist; einmal im Jahre muß er sich besonders geliebt, beachtet, verwöhnt, verhätschelt, überschätzt fühlen, damit er eine Entschädigung und Aufmunterung habe für die 364 Tage, da er in der großen Masse verschwindet. Freilich: Stoiker bedürfen dergleichen nicht; aber Stoiker sind seltener, als sie glauben. Wer aber ein tugendsam Weib hat, das (um Gottes willen!) nicht nur tugendsam, sondern auch freundlich und liebreich ist, der hat alle Tage Geburtstag. Und der Mensch, der aus dem feindlichen Leben nach Hause kommt, bedarf dessen; selbst Faust, der immer strebend sich bemühte und das Beste getan hatte, was Menschen tun können, selbst er bedurfte der Liebe, die von oben an ihm teilnahm; nicht mit eigener Schwingenkraft vermochte er den Himmel zu erfliegen; das ewig Weibliche zog ihn hinan.

Also nicht ein Mangel und eine Schwäche, nein, eine Kraft und Tugend der Frauen ist es, daß sie das Persönliche an ihren Mitmenschen mit besonderer, teilnehmender Liebe erfassen. Und ist es nun nicht ein wahrhaft göttlicher Beruf, die harte Gerechtigkeit der Welt durch Liebe zu ergänzen? Sollte dieser Beruf nicht wirklich schöner und bedeutungsvoller sein als die weibliche Teilnahme an der Politik oder das Auftreten weiblicher Richter, Staats- und Rechtsanwälte im »Paragraphenzirkus«?

Sie meinen, ob sich denn nicht beides sehr wohl vereinigen lasse? Nein, meine Damen, niemals. Mehr noch als von allen anderen Kämpfen gilt vom politischen Kampfe, daß in ihm nur die Realitäten und nicht die Persönlichkeiten entscheiden und entscheiden dürfen. In diesen heiligen Hallen kennt man die Liebe nicht. Und das ist in der Ordnung. In einem amerikanischen Witzblatt fand ich einst eine Karikatur, die die Folgen des Frauenstimmrechts illustrieren sollte. Links sah man auf einer Tribüne einen häßlichen Redner; er stand einsam und verlassen; rechts redete ein bildschöner Kerl: ihn umdrängte die weibliche Zuhörerschaft. Darunter stand: Der Schönste wird gewählt. Sie wissen schon, meine Damen, daß ich die weibliche Parteilichkeit nicht in diesem groben, herabsetzenden Sinne verstehe. Aber in einem feineren, edleren Sinne trifft die Satire zu. Eine Frau, die einen Bismarck bewundert, wird besinnungslos mit ihm durch Dick und Dünn gehen, und eine Frau, die Bebel verehrt, wird mit ihm dasselbe tun. Und das darf in der Politik nicht sein. Sie werden mir wieder einwenden, daß manche Männer es ebenso machten und manche Frauen es *nicht* so machen würden; aber dann muß ich Sie zum Überdruß wieder daran erinnern, daß es sich hier nicht um manche Männer und Frauen, sondern um viele Millionen Männer und um viele Millionen Frauen handelt. Und von Millionen Frauen gilt dies: der Anziehendste, der Gewinnendste (vielleicht durch die besten Eigenschaften Gewinnendste!), der meist Bewunderte – der »hat sie all unterm Hut«. Die Frauen mein ich. Wie es denn ja eine nicht genug zu beachtende Erscheinung ist, daß politische Frauen fast immer fanatisch sind. Die Frauen lassen sich – und das ist ihre von der Natur gewollte Funktion – mehr vom Gefühl als vom Verstande leiten; wo aber das Gefühl sich der Politik bemächtigt, ohne fortgesetzt vom Verstande reguliert zu werden, da entsteht Fanatismus. Daher nirgends soviel Fanatismus wie in der Religion und ihrer politischen Betätigung.

Ich gehe nun noch einen Schritt weiter und sage: In der Rechtspflege und in der Politik wie überall, wo es sich um Rechtsfragen und um vitale Interessen des Staates handelt, ist mit möglichster Strenge das Moment der Geschlechtigkeit auszuscheiden. (Die finnischen Parlamentarierinnen empfinden das mit völlig richtigem Instinkt.) An dieser Forderung sind freilich weit weniger die Frauen als die Männer schuld, dieses (nach dem Willen der Natur) erotisch entzündlichere und in dieser Hinsicht, wenn Sie wollen, schwächere Geschlecht. Es gibt eine französische Karikatur, auf der eine hübsche und sehr pikante Rechtsanwältin sich vor den Richtern – nun, sagen wir: erschöpfend dekolletiert mit den Worten: »Und hier, meine Herren, meine triftigsten Argumente.« Das ist sehr zynisch, aber sehr wahr. Ich glaube herzlich gern, daß unsere Richter in dieser Beziehung genau so unbestechlich sind wie in jeder anderen; aber ich bin nicht überzeugt, daß *jeder* männliche Richter vom Kopf bis zu den Füßen gewappnet wäre gegen die Reize einer bezaubernden Angeklagten oder Zeugin. Darum würde ich es – in diesem Falle abweichend von meiner Grundanschauung – für äußerst wünschenswert galten, daß zu allen Gerichtsverhandlungen, in denen Frauen eine wichtige oder gar entscheidende Rolle spielen, weibliche Schöffen hinzugezogen würden. Was die männlichen Richter einer schönen Frau gegenüber durch Milde sündigen würden, das würden die weiblichen durch Strenge wieder gut machen.

Wenn nun einige von Ihnen, meine Damen, durch die von mir vorgebrachten Gründe immer noch nicht überzeugt sein sollten, so bitte ich eben diese Beharrlichen, uns Männern einmal auszumalen, wie sie sich eigentlich das Familienleben unter den Fittichen einer politischen Frau vorstellen. Ich will nicht einmal annehmen, daß die mittägliche Suppe, die Hosen der Kinder und die Sauberkeit des Fußbodens unter der Politik der Hausfrau zu leiden hätten; ich will annehmen, daß die energisch politische Frau – denn politische Halbheit werden Sie ja doch nicht wünschen – ihren Mann und ihre Kinder nichts vermissen lasse. Wie denken Sie es sich, wenn der Mann die »Kreuzzeitung« hält und die Frau den »Vorwärts«, oder umgekehrt? Wenn der Mann einen Zeitungsartikel wütend in die Ecke schleudert mit Ausrufen wie »Zu dumm!« oder »Unglaubliche Frechheit!« und die Frau den Artikel hernimmt und liest und ausruft: »Glänzend! Großartig! Mir aus der Seele geschrieben!«? Wie denken Sie es sich, wenn die Frau für eine kräftige Steuer stimmt, die der Mann von seinem sauer erworbenen Gelde bezahlen muß; wenn der Mann einen liberalen Kandidaten unterstützt mit dem Gelde, das durch die sorgsame Wirtschaft der ultramontanen Gattin erübrigt wurde? Wie denken Sie es sich, wenn der Mann seinem Weibe entgegenschleudert: »Euer Kandidat ist ja ein Schwindler!« und die Frau erwidert: »Und der Eure ist ein Feigling!« und die wahlberechtigte Tochter kaltlächelnd hinzufügt: »Idioten sind sie beide!«? Gut, meine Damen, ich will einmal annehmen – Sie sehen, ich bin unerschöpflich in Zugeständnissen – daß der politische Ton sich allmählich verfeinern könne, sich durch den Einfluß der Frau vielleicht verfeinern würde, *vielleicht!* Man hat nämlich Beispiele vom Gegenteil. In England bewegt sich der politische Kampf der *Männer* in Formen, die auch unter entschiedensten Gegnern einen freundschaftlichen Verkehr ermöglichen sollen. Aber Freundschaft ist, wie Sie mir zugeben werden, noch lange keine Ehe. Und könnten Sie es in der Tat ersprießlich finden, wenn der Mann in der Armee die höchste Leistung, die Blüte und das Palladium seines Volkes erblickt, die Frau aber in eben dieser Armee nur eine Massenmordmaschine für die Zwecke des dynastischen Egoismus sieht? Wenn die mater familias Schulen von strengster Konfessionalität fordert, der pater familias aber mit der Glaubens- und Gewissensfreiheit Ernst machen und die Religion durchaus ins Privatleben verwiesen sehen will? Die konfessionellen Mischehen geben überall dort, wo der Gegensatz aufrecht erhalten oder gar künstlich verschärft wird, ein hinreichend abschreckendes Beispiel.

Oder wollen Sie mir einwenden, daß sich in der Praxis alles »nicht so schlimm« gestalten werde, daß sich in der Regel Mann und Frau auf *eine* Welt- und Staatsanschauung einigen würden? So war es in der Tat bis heute. In der alles umfassenden Liebe, mit der das Weib die ganze Persönlichkeit des Mannes umfing, erschienen ihr auch seine Anschauungen und Grundsätze, einschließlich der politischen, wahr und gut, und ohne daß er es zu verlangen brauchte, stand sie auch in politischen Fragen, soweit sie daran Anteil nahm, an der Seite ihres Gatten. Der Mann aber war glücklich und dankbar, wenn seine Anschauungen im seelischen Verkehr mit der Gattin eine Berichtigung, eine Läuterung und Veredlung erfuhren; denn das echte Weib gibt immer, indem es nimmt. Wenn es nach Einführung des Stimmrechts so bleiben würde (und unter uns gesagt: im wesentlichen *würde* es so bleiben), dann hätten wir also, abgesehen von Frauenfragen, nur eine Verdoppelung der Stimmen und damit wäre nichts geschafft. In vier westlichen Staaten der Union ist seit längerer Zeit das Frauenstimmrecht eingeführt, und die Männer, die seine Einführung befürwortet haben, erklären jetzt, daß die Resultate sie vollkommen enttäuscht hätten; sie seien gleich Null. Daß aber die Frauen im Staate der Zukunft eine »Nichts als Frauen-Partei« bilden sollten, die nur Frauenrechte vertritt und sonst nichts, das werden auch Sie, meine Damen, für ein Unding halten.

Indessen werden Sie verlangen, daß die Frau ihrem Gatten gegenüber unentwegt ihre eigene Ansicht behaupte, ja, um nicht für eine gefügige »Sklavin« ihres Mannes zu gelten, wird sie möglichst entgegengesetzte Prinzipien möglichst hartnäckig verteidigen müssen; auch im zärtlichsten Zusammensein wird das Parteiprogramm nicht dahinschmelzen dürfen in der Glut des Gefühls, und Romeo und Julia in künftiger Zeit werden, bevor der Morgen sie scheidet, weniger über Nachtigall und Lerche als über Schutzzoll und Freihandel streiten. Ich muß gestehen, daß mir Vernunft, Gefühl, Phantasie und Erfahrung die heilige Gemeinschaft von Mann und Weib von jeher in andern Bildern gezeigt haben.

Nämlich so. Es gibt in Literatur und Tagesphilosophie einen Snobismus, der alle politischen Anstrengungen mit Geringschätzung belächelt, weil er es für unsagbar beschränkt hält, von politischen Veränderungen irgend etwas für die Menschheit oder gar für den Einzelnen zu erwarten. Ich teile diese Ansicht natürlich in keiner Hinsicht. Die Politiker erwerben sich ein großes Verdienst um ihre Mitmenschen, indem sie unablässig an den Mauern, Gräben und Dämmen bauen und bessern, die unsere ewigen Rechte und Güter schützen; ihre Arbeit ist die unerläßliche Voraussetzung auch für die allerfeinsten und allersublimsten Kulturen; sie sind in höherem, allgemeinerem Sinne eine Polizei, die für Ordnung und Ruhe durch das Gesetz sorgt, und selbst die »differenziertesten« Snobs könnten ihr wundersames Dasein nicht entfalten, wenn die Männer der Politik nicht für sie arbeiteten. Die politische Betätigung ist eine Wehr- und Steuerpflicht des Mannes. Aber politische Arbeit ist harte Arbeit, ist nicht selten häßliche und widrige Arbeit, und sie ist auch nicht die höchste und letzte Aufgabe des Menschen. Der rechte Politiker weiß, daß es höhere und dauerndere Gedanken und Institutionen gibt als selbst das Wahlrecht und die Verfassung, ja, er weiß, daß es eben jene höheren und dauerndaren Güter sind, um deretwillen er die Lasten und die Widerwärtigkeiten des politischen Kampfes auf sich nimmt. Der also kämpfende Mensch nun will wenigstens *eine* Stätte wissen, wohin der Streit und Zank des Tages nicht dringt, *einen* Ort will er wissen, wo Mensch mit Mensch sich in reineren Höhen, in ewigen Gedanken und verklärten Gefühlen vereint. Dem Gläubigen sind Kirchen und Tempel ein solcher Ort, dem Kunstsinnigen sind es die Bereiche der Kunst; alle Menschen aber haben Anspruch auf den Gottesfrieden des Hauses. Mit Recht empört sich das Gefühl des Menschen dagegen, von der Kanzel den Lärm des Tages widerhallen zu hören; mit gleichem Recht sucht er nicht Kampf und Streit, sondern Sammlung und Erhebung im Tempel seines Hauses. Und die Priesterin dieses Tempels, die Hüterin seines Gottesfriedens ist das Weib, die Gattin, die Mutter. Nicht, daß sie nicht Verständnis und Teilnahme haben sollte für die Sorgen und Kämpfe ihres Gatten und ihrer Kinder; aber von *ihrer* Stirn soll allen die tröstliche Versicherung erglänzen, daß in höheren

Bezirken ein Glück und ein Seelenfrieden aufgehoben sind, die alle Kämpfe und Sorgen überdauern. Das, meine Damen, das sei die Politik, die *hohe* Politik des Weibes.

Sie fragen, wie Sie denn Ihre Frauenrechte vertreten und durchsetzen sollen, wenn Sie keine politische Macht besitzen? Ei, nach dieser Logik müßten auch die Kinder das Wahlrecht haben, denn eines der wichtigsten Rechte, eines der Rechte, deren Verletzung sich am empfindlichsten rächt, ist das Recht des Kindes. Wollen Sie Kinder wählen lassen und ins Parlament schicken? Und wollen Sie anderseits leugnen, daß das Recht des Kindes immer mehr erkannt worden ist und sich in der Gesetzgebung immer mehr Geltung verschafft hat? Es geht auch ohne einen formalen Rechtstitel. Und sollte Ihnen, gerade Ihnen, meine Damen, unbekannt sein, daß die reale Macht so oft anderswo liegt als die formale, die tatsächliche anderswo als die scheinbare? Daß es absolute Staats- und Familienherrscher gibt, die die ohnmächtigsten Menschen ihres Bereiches sind, ja, daß es sogar Parlamente gibt, die trotz aller Reden nichts zu sagen haben? Jemand hat behauptet, es sei recht gut, wenn Frauen auf dem Throne säßen, weil dann wenigstens Männer regierten, während die männlichen Fürsten gewöhnlich von Weibern beherrscht würden. Ich aber rede auch hier wiederum nicht nur im Scherz, sondern im tiefsten Ernst; ich denke nicht nur an die Gewalt der weißen Händchen und der schmalen Füßchen, nein, ich denke zugleich und denke vor allem an die wunderbare seelische Gewalt des Weibes, wenn ich sage: Es gibt nichts Stärkeres als das Weib. Das Weib ist ein Heiligstes in der Menschheit; wenn sie nicht mehr an das Weib als an einen letzten Hort des Guten glaubt, dann glaubt sie an sich selbst nicht mehr. Das Weib ist das Gewissen der Menschheit. »Die Frau muß besser sein als der Mann; sonst taugt sie nichts«, sagt Anzengruber. Selten hat germanische Frauenverehrung einen überzeugteren Ausdruck gefunden.

Gewiß: die germanische Frauenverehrung hat nicht verhindert, daß die Frau in deutschen wie in allen andern Landen jahrtausendelang unter ihrem Wert geschätzt und behandelt wurde. Und Sie, meine Damen, sind endlich mutig hervorgetreten, haben den kleinen Mund aufgetan und Ihr Recht verlangt. Und nur ein Narr könnte ihnen das verübeln. Aber können Sie leugnen, daß nun auch alsbald so manches besser geworden ist, und können Sie zweifeln, daß noch vieles besser werden wird? Macht geht vor Recht, jawohl; aber Recht kommt hinterdrein. Auch das Recht ist eine Macht, und immer kommt eine Zeit, da diese Macht die brutale Macht einholt und verdrängt. So ist immer die Entwicklung gewesen; sonst gäbe es noch heute kein Recht in der Welt. So hat sich auch das Recht des Kindes durchgesetzt, abgesehen von Schutzgesetzen, die aus reinen Zweckmäßigkeitsgründen erwachsen sind. Sollten Sie aber doch auf ganz abnorme Schwierigkeiten stoßen, sollten besonders beschränkte und böse Parteien und Männer Ihnen gar zu hartnäckig Ihr gutes Recht weigern, dann – immerhin – holen Sie aus der Lade, gewissermaßen als »schwarze Frau«, das finnische Mannweib oder die Londoner »Suffragette« hervor, und Sie werden sehen – es kommt eigentlich auf dasselbe hinaus wie das Lysistratamotiv – man bewilligt Ihnen alles.

Wenn Sie nicht gar zu viel fordern. O ja, auch das kommt vor. Aus dem Westen, besonders ans dem ferneren Westen, wo die germanische Frauenverehrung zur Parodie geworden ist, kommt ein Frauenideal, nach dem die Frau alles zu verlangen und nichts zu leisten hat. Nach dieser Auffassung erscheint das Weib gewissermaßen als ein anspruchsvolles Luxustierchen, als eine Art Prachtfink oder Zierpapagei, nur daß das Kleid dieser Tierchen bloß einmalige Anschaffungskosten erfordert und sie außerdem nicht göttliche Verehrung beanspruchen. Viel weiter als man wohl ahnt, ist auch in unserer »Gesellschaft« der Typus der weiblichen Drohne verbreitet, deren Tag mit Toilettemachen, Konditoreibesuch, shopping, five-o-clock-tea, Tanz und Theater vollkommen ausgefüllt ist. Pardon: fast hätt' ich die Wohltätigkeit vergessen, also richtig: Tanz, Theater und Wohltätigkeit. Sie gibt bis zu 20 Mark Eintrittsgeld für ein amüsantes Wohltätigkeitsfest, o ja. Natürlich: die Rechnungen beim Seidenhaus sind etwas höher. Wenn der Mann nach verzweifeltem Ringen Konkurs anmeldet, präsentiert das Modemagazin Rechnungen von 25 000 M. . . . Nun, vielleicht müssen im großen Garten der Welt auch solche Blumen sein, dann bin ich aber dafür, sie nur sehr vereinzelt zu züchten. In Ihrer Frauenbewegung aber, meine Damen – die Angeredeten sind immer ausgenommen – sind deutliche Neigungen vorhanden, jene Zucht zu begünstigen. Es gibt auf Ihrer Seite Frauen, die uns tiefsinnig versichern, daß die häusliche Arbeit der Frau oft kleinlich, eintönig, banal, nicht selten häßlich und immer sehr ermüdend sei. Und die stillschweigende Ergänzung ist dann, daß die Arbeit des Mannes immer oder doch vorwiegend großzügig, abwechslungsreich, poesievoll, anmutig und erquicklich wäre. Haben Sie einmal, meine Damen, zehnstündige Kommissionssitzungen mitgemacht? Haben Sie als Richter einmal sieben Stunden lang Bagatellsachen verhandelt? Sind Sie als Ärzte einmal einen halben Tag lang treppauf und -ab gestiegen und haben Schnupfen, Rheumatismus und Migräne behandelt? Haben Sie einmal Rekruten ausgebildet? Haben Sie einmal mit unfähigen Schauspielern Rollen einstudiert? Haben Sie einmal Schülerhefte korrigiert oder Musikunterricht gegeben? Sind Sie einmal Journalist gewesen? »Der Ärger mit den Dienstboten!« seufzen Sie. Aber Sie ärgern sich doch nur an Untergebenen, die Sie entlassen können. Haben Sie's einmal versucht, sich an Untergebenen und Vorgesetzten zu ärgern? Wissen Sie, daß ein Mann zuweilen unter sich und über sich Dienstboten hat? Nein, meine Gnädigste, sehen Sie einmal Ihrem Kind ins Auge, wenn es kräftig hineinbeißt in das gute Brot, das Sie ihm reichen, betrachten Sie das aufatmende Behagen Ihres Gatten, wenn er ermüdet heimkehrt, und sehen Sie ihn stark und ermuntert wieder von dannen gehen, und Sie werden begreifen, daß Sie die großzügigste, kurzweiligste, anmutigste und dankbarste Arbeit tun, die sich denken läßt. Und dann noch eines: Wenn Sie verheiratet sind, haben Sie eigentlich nur einen Beruf: Das Glück Ihres Hauses. So ward Ihnen das große Glück, etwas ganz sein zu können und sich ein Leben zu bauen, das klar und entschieden, harmonisch und ruhevoll ist. Ein Mann ist immer zerrissen. Wollen Sie Politiker, wollen Sie Auchmänner werden, damit Sie ebenfalls zwei, drei oder mehr Seelen in Ihrer Brust fühlen?

Im Wasserfalle Franangr fingen die Asen den verhaßten Loki. Sie fesselten ihn mit den Därmen seines Sohnes Wali und befestigten über seinem Haupte eine giftige Schlange, so daß das Gift auf Lokis Antlitz tropfte. Aber Sigün, Lokis Frau, saß neben ihm und fing das Gift in einer Schale auf, und wenn die Schale voll war, schüttete sie sie aus.

Es gibt keinen gewaltigeren und tieferen Mythos des Weibes als diesen. Die Politik ist giftig. Das Weib soll Gift abwenden, nicht Gift verbreiten.

Ich bin am Ende, meine Damen, und zweifle, ob ich Sie überzeugt habe. Aber das Eine hoffe ich bewiesen zu haben: Man kann gegen die politische Betätigung der Frauen sein, weil einem das Weib für die Politik nicht zu gering, sondern weil einem das Weib für die Politik zu gut ist.

Die Marienbader Kur.

Meine Freunde haben es verschuldet. Sie haben mich so lange gereizt. »Eduard, du wirst zu stark, Eduard.« sagten sie täglich zu mir; die Gefühlloseren sagten: »zu dick,« die Gemütsrohen: »zu fett.« Ich leugnete das energisch; aber sie mußten sich heimlich verschworen haben; denn sie sagten es alle. »Ein gewisses Embonpoint ist bei mir hereditär, habituell, gehört sozusagen zu meiner Konstitution,« bemerkte ich. Dergleichen drückt sich immer am besten in Fremdwörtern aus. Ein rüdes Gelächter antwortete mir. »Deshalb,« fuhr ich fort, »verschlagen auch Entfettungskuren bei mir nicht das Geringste.« »Ja, weil du sie nicht konsequent durchführst.« johlte die Masse in vulgärer Einstimmigkeit. »Ich – nicht durchführen?« versetzte ich mit meiner überlegenen Ironie, »nun – das werde ich euch beweisen.« Und so ging ich nach Marienbad.

»Sie gehen nach Marienbad?« fragte mich ein wohlbeleibter Eisenbahngefährte. »Ei, da sind Sie zu beneiden. Marienbad ist entzückend. Und schlemmen kann man da, schlemmen –!«

Ich bemerkte dem Manne mit einem sittlichen Ernste, der – ich fühlte es – mir gut stehen mußte, daß ich nicht zu schlemmen gedächte, sondern mich einer sehr ernsten Magerkur zu unterziehen beabsichtigte.

»Ach so, Sie wollen fasten!« rief er überrascht. »Na ja – kann man da auch,« fügte er nachlässig hinzu. »Dazu gehört allerdings ein starker Wille.«

»An dem soll es nicht fehlen,« preßte ich durch die aufeinandergebissenen Zähne.

Er maß mich von oben bis unten und dann von links nach rechts und sagte nichts, der unhöfliche Mensch.

Vor dem Diner im Speisewagen sagte ich mir logischer Weise, daß es erst dann einen Sinn habe, mit der Kur zu beginnen, wenn *alle* Bedingungen dieser Kur gegeben seien, daß systemlose Halbheiten in solchem Falle sogar recht gefährlich werden können. Andrerseits war mir wohl bekannt, daß bei solchen Kuren ein möglichst großer Gegensatz zwischen heut und morgen nur zu empfehlen ist, weil nämlich der Körper auf solche schroffen Übergänge mit einer beträchtlichen Gewichtsabnahme reagiert. Das Diner setzte sich für dieses Prinzip sehr günstig zusammen; es bestand aus Bouillon mit Klößen, Lachs mit Mayonnaise, Mastochsenbraten mit Maccaroni, Plumpudding und Butter und Käse. Um den Choc, den der Körper morgen erhalten sollte, zu verstärken, nahm ich dazu eine Flasche Bier, eine halbe Flasche Cliquot und zum Kaffee einen Benediktiner. Danach legte ich mich in meinem Abteil schlafen.

In Marienbad angelangt, begann ich meine Kur auf dem Bahnhofe. Zwar meinen Hauptkoffer überwies ich einem Träger; als dieser aber auch den nicht unbeträchtlichen Nebenkoffer an sich nehmen wollte, sagte ich triumphierend: »Nein, lieber Freund, jetzt wird selbst getragen«, nahm meinen Koffer und schritt hinaus. Die Fiaker vor dem Bahnhofe machten mir ihre komfortabelsten Gesichter, nannten mich »Herr Baron« und als mir das nicht zu genügen schien, »Herr Graf«; ich aber versetzte ohne allen Adelsstolz: »Nein, meine Herren, jetzt wird gegangen.«

Wenn ich einmal eine Sache angreife, so tu ich's mit Energie.

Wenn ich gewußt hätte, daß der Bahnhof so weit vom Orte entfernt liege und daß meine Wohnung dann auch noch ganz am entgegengesetzten, nördlichsten Ende der Stadt gelegen sei und daß der Weg dahin nicht allzu sanft ansteige, so hätte ich vielleicht doch meinen Koffer dem Träger übergeben und wäre gefahren. Aber während ich schwitzte, erhob mich doch das Wonnegefühl: Wenigstens fünf Pfund schaffst du dir durch diesen Leidensweg vom Leibe. Wenn du das 3–4mal gemacht hast, bist du dein Übergewicht los. Allerdings – dieser Gedanke erleuchtete mich blitzartig – das hättest du auch zu Hause haben können.

Meine Wohnung lag im dritten Stock. Für die Zumutung, den Fahrstuhl zu benutzen, hatte ich nur eine kurze, abweisende Handbewegung. Das Zimmer kostete wöchentlich 50 Kronen einschließlich Tag- und Nachtgeschirr. Alles andre mußte extra bezahlt werden.

Sobald ich mich einigermaßen eingerichtet und umgekleidet hatte, eilte ich, mich wägen zu lassen. Ich fühlte mich so leicht nach meiner Kofferträgerarbeit.

In Marienbad hat jedes zweite Haus eine allein richtige Wage. Man setzt sich in einen bequemen Stuhl und läßt seine Schwerkraft walten; dann zeigt die Wage nicht nur das Gewicht an, sie druckt es auch gleich auf einen kleinen Zettel. Da stand: 94,8 Kilo.

»Sie sind wohl –!« rief ich unwillkürlich aus. Das Wort »verrückt« verschluckte ich ebenso unwillkürlich wegen der Gerichtskosten.

Der Mann beteuerte, daß sein Apparat vollkommen tadellos funktioniere. Ich warf meine 20 Heller auf den Ladentisch, ließ den Zettel liegen und ging, Verachtung in den Zügen, hinaus.

Zwanzig Schritte weiter trat ich in ein andres Haus mit allein richtiger Wage. Der Zettel erschien und zeigte: 95 Kilo. Diesmal versah eine Dame das Wägeamt; ich konnte also nicht 'mal »Sie sind wohl!« rufen.

Langsam und sinnend schob ich den Zettel in die Westentasche und verließ das Lokal. Mir war's, als hätte ich Blei in den Gliedern.

Draußen kam mir die Erleuchtung. Ah, dacht ich, die haben dir den Neuling angesehen. Das sind Wagen für Ankömmlinge. Jetzt wirst du schlau sein. Mit elastischen Schritten betrat ich ein drittes Lokal und rief: »So! Zum Abschied möcht' ich nun noch einmal gewogen sein!« Diesmal verzeichnete der Zettel: 95,1 Kilo.

»Noch mehr! Es hängt Gewicht sich an Gewicht,
Und ihre Masse zieht mich schwer hinab.«

Erdrückt von der Wucht meiner Persönlichkeit, schlich ich zum Arzt. Er behauptete, ich müsse morgens 6 Uhr aufstehen, zum Kreuzbrunnen gehen, dort 3 Glas Brunnen mit Zusatz eines gewissen Salzes trinken, dann 1½ Stunden spazieren gehen, danach dürfe ich frühstücken. Der Mann hatte eine merkwürdige Ausdrucksweise; unter »frühstücken« verstand er: 1 Tasse Tee, ein Ei und einen Zwieback nehmen. »Ohne Butter!« rief der Herr Doktor begeistert. Mittags dürfe ich dann eine Fleischspeise, ein Gemüse, ein Kompott und ½ Flasche Biliner Wasser genießen. Und abends könne ich mir eine Fleischspeise, ein Gemüse *oder* ein Kompott und, wenn es sein müsse, ein Krügel Pilsener gestatten. Für diese Beköstigung müsse ich aber 5-6 Stunden täglich marschieren. Ich versicherte dem Arzte, diesen Vorschriften nachzukommen, sei für einen Menschen von

Willenskraft ein reines Kinderspiel, und vollends für mich, der ich von jeher mäßig zu leben gewohnt sei.

Morgen, gleich morgen solle ich mit der Kur beginnen, hatte der Arzt befohlen. Dieser Abend war also noch mein. Ich traf in der Kaiserstraße einen alten Freund, der mir ein Lokal bezeichnete, in dem er jeden Abend mit einigen vergnügten Leuten zusammentreffe und wo es ein vorzügliches Pilsener Bier gebe. »Pilsener Bier hat nämlich eine mild lavierende Wirkung,« erklärte er mir. Und in der Tat: Pilsener Bier hatte mir ja sogar mein Arzt gestattet. Außerdem wäre es mir als unnötige Schroffheit erschienen, die Einladung dieses lieben Menschen abzulehnen; ich ging also mit und trank einige Krügel. Ich fühlte wirklich, wie mir immer leichter wurde, und wie auf Flügeln schwebte ich um Mitternacht nach Hause.

Um sechs Uhr war ich auf den Beinen, um halb sieben am Brunnen. In langer Prozession wallten die Kurgäste, jeder ein Glas in der Hand, zur Quelle. Wo eine Lücke war, wollte ich mich anspruchslos und unauffällig dem Ganzen einfügen; aber sofort bedeutete mir ein Aufseher, daß ich mich ganz am Ende anschließen müsse. Nach zehn Minuten kam ich zur Quelle und erblickte dort ein merkwürdiges Naturspiel: einen Mann, der fortwährend pumpte und dabei untertänig grüßte. Die Leute, die pumpen, grüßen sonst ganz anders. Ich erhielt mein wohlgefülltes Glas, schüttete das vorgeschriebene Salz hinein und setzte es an den Mund. Mit ungeheurer Spannung kostete ich dies Getränk. Es schmeckte wie Niedertracht mit Gemeinheit. Es ist mir immer Grundsatz gewesen, widrige Dinge, die geschluckt werden müssen, mit zugedrückten Augen und mit *einem* Schluck und Druck hinunterzusetzen. Aber das war hier verboten. Zehn Minuten lang solle ich an dem Becher trinken, hatte der Arzt befohlen. In solchen 10 Minuten büßt man vieles ab. Freilich macht eine recht gute Kurkapelle Musik dazu. Aber es ist nicht das Richtige, wenn man Mozarts Champagnerlied mit auf die Weste herabhängenden Mundwinkeln anhört; es ergibt eine falsche Auffassung, wenn man sich bei dem Seufzer

»O–o–o De–li–la!«

nach dem Bauche greift. Nach dem ersten Glase trank ich ein zweites und ein drittes. Sehr sinnig schließt das Konzertprogramm regelmäßig mit einem Galopp.

Dann kam der 1½stündige Spaziergang in die allerdings höchst anmutige und erfrischende, berg- und waldgeschmückte Umgebung Marienbads. Der Reiz der unbekannten Landschaft ließ mich die materiellen Dinge dieser Welt vergessen, bis ich durch ein nahes Gebüsch das Geklapper von Tassen und Teelöffeln vernahm. Die Umgebung von Marienbad ist mit verführerischen Cafés geschwängert; »freudig hingezogen« trat ich ein und bestellte mein Frühstück. Auch hier wurde Musik gemacht, aber nicht zur Milderung, sondern zur Verschärfung der Kur. Nach einer äußerst regellosen Carmen-Phantasie wollte ich gerade mein Ei und meinen Zwieback genießen, als ich inne ward, daß ich sie schon verzehrt hätte. Mit männlicher Entschiedenheit sprang ich auf und wanderte meiner Wohnung zu, um ein wenig zu ruhen, ein wenig an meinem Trauerspiel »Ugolino« zu arbeiten und mich auf das kohlensaure Bad mit kalter Abwaschung und Massage vorzubereiten.

Beim Mittagessen saß mir gegenüber ein Mann, der jedes Mitgefühls bar ein Menu von sechs Gängen aß. Um mich zu kasteien, las ich das ganze Menu durch, einem Athleten gleich, der, mit Kopf und Füßen auf zwei Stühlen liegend, sich immer neue Zentnergewichte auf die Brust legt. Über dem Menu stand geschrieben:

»Ohne weitere Auswahl!!!!!!!«

Mit sieben Ausrufungszeichen; ich habe sie gezählt.

»Kann ich für den Kalbsbraten auch was andres haben?« fragte mein Gegenüber.

»Aber natierlich.« versetzte der Kellner.

Da fragte ich mich: Wieviele Ausrufungszeichen macht man in diesem Lande hinter einem Gesetz, das wirklich unumstößlich ist?

Den ausfallenden Mittagsschlaf mußte ich nach Anordnung des Arztes durch eine vierstündige Fußwanderung ersetzen. Sie durfte unterbrochen werden durch eine Tasse Tee. »Mit einem Zwieback,« hatte der Arzt in einer Anwandlung von Schwäche hinzugefügt.

Ich wanderte 4½ Stunden, trank 1 Glas Kreuzbrunnen und genoß zu Abend eine Fleischspeise, ein Gemüse *oder* Kompott und 1 Krügel Pilsener. Gehorsam ist des Christen Schmuck.

Ein unvergleichlicher Trost in solchen Zeiten der Depression ist eine gute Hamburger oder Bremer Zigarre. Leider hatte ich mir nur einen winzigen Vorrat mitnehmen können, weil Zigarren an der österreichischen Grenze einen ungeheuren Zoll kosten.

Wie ein artiges Kind schlüpfte ich gegen 10 Uhr ins Bett, und diese Lebensweise setzte ich 5 Tage lang ohne nennenswerte Schwankungen fort. Nur hatte ich mir am dritten Tage beim Frühstück gesagt: »Die paar Tropfen Sahne, die zum Tee serviert werden, könntest du eigentlich mitnehmen. Zwar: Sahne macht fett. Aber ich erinnere mich vollkommen deutlich, daß der Arzt *nicht* gesagt hat: »ohne Sahne«. Der Mann war sehr genau in seinen Vorschriften; hätte er die Sahne verbieten wollen, so hätte er es zweifellos getan. Er hat sie also erlaubt, und da ich mich strengstens nach seinen Vorschriften richten will, so *muß* ich sie eigentlich nehmen. Es ist zwar nur ein Fingerhütchen voll; aber es ist etwas mehr.« Seit diesem Tage nahm ich Sahne zum Tee.

Als fünf Tage herum waren, sollte wieder gewogen werden. Ich habe in meinem Leben verschiedene Examina durchgemacht; aber mit so feierlicher Spannung, mit so freudig-banger Erregung bin ich keiner Prüfung entgegengegangen wie dieser. Ich schwankte lange, welcher Wage ich mich anvertrauen solle; endlich trat ich in einen Laden, legte Hut, Überzieher, Handschuhe, Gummigaloschen, Portemonnaie, Taschenmesser, Uhr und Schlüsselbund ab und bestieg den Schicksalsstuhl.

»92 Kilo,« sagte die wägende Themis.

»Den Zettel!« stotterte ich.

Da stand es schwarz auf weiß: »92 Kilo.« Also ein Gewichtsverlust von 3,1 Kilo, von 6 $^1/_5$ Pfund, von 3100 Gramm. Die Tugend hatte ihren Lohn gefunden; Geist und Wille hatten über die Erdenschwere gesiegt. »Hurrah!« flüsterte ich auf der Straße vor mich hin, »Hurrah: Darauf kann ein vergnügter Abend stehen.«

Ich suchte meinen Freund auf und das famose Pilsener-Lokal. Ich konnte mein Glück nicht für mich behalten; ich mußte mich mitteilen, und noch eh' ich Hut und Mantel abgelegt hatte, rief ich: »6 Pfund! 6 Pfund verloren! Der ehrliche Finder soll sie behalten. Wie steh ich nun da?«

»Was?« schrie mein Freund. »Sechs Pfund in fünf Tagen? Menschenskind, sind Sie des Deubels? Wissen Sie auch, daß Sie sich dabei den schönsten Herzklaps holen können?«

Ich erschrak und griff unwillkürlich nach der Speisekarte. Mein Auge fiel auf: Filetbraten mit Maccaroni. Und mir ward, als spräche der Herr: »Es sammle sich alles Wasser unter dem Himmel« und mein Mund wäre der Sammelplatz. »Donnerwetter,« stöhnte ich, »Maccaroni ess' ich so gern; aber sie setzen Fett.«

»Nanu?« machte mein Freund, »Maccaroni? Sie sind doch in Italien gewesen. Wo sieht man schlankere, sehnigere Gestalten als in Italien? Und das lebt den ganzen Tag von Polenta und Maccaroni.«

Ich muß gestehen: ich hatte einen Augenblick den Argwohn, daß mein Freund mich verführen wolle; aber ich schämte mich sofort dieser häßlichen Regung und bestellte mir Filetbraten mit Maccaroni und reichlichem Käse.

Als ich schwankte, ob ich mir ein drittes Glas Pilsener bestellen dürfe, fragte mich mein Freund:

»Wieviel hat Ihnen denn Ihr Arzt erlaubt?«

»Einen Krug«, versetzte ich.

»Macht vier«, sagte er.

»Wieso?«

»Nun, wenn er Ihnen einen gestattet, so nimmt er an, daß Sie zwei trinken; ein guter Arzt gestattet seinem Patienten aber nur dann zwei Krüge Bier, wenn er weiß, daß ihm auch viere nicht schaden.«

»Ja, ein guter Arzt ist er,« rief ich, »er hat auf mich den Eindruck eines sehr intelligenten und gewissenhaften Mannes gemacht.«

»Na also!« rief mein Freund, und ich bestellte zunächst das dritte Glas. –

Am nächsten Morgen erschien ich erst um halb neun am Brunnen, weil ich erst um 8 Uhr aufgestanden war. Der Morgenspaziergang fiel daher aus; das Gefühl der Sättigung aber, das mich noch vom Abend vorher erfüllte, kam dem Fortgang meines »Ugolino« glänzend zustatten. Die Zeilen flogen nur so aufs Papier.

Das Hochgefühl gelungener Arbeit regt wohl bei allen Menschen den Appetit an. Mein diesmaliges Gegenüber am Mittagstisch verzehrte ein Riesenstück von einem Karpfen auf böhmische Art. Ich fragte den Kellner, ob noch ein so gutes Stück da sei, und als er es bejahte, bestellte ich es. Im übrigen aber hielt ich mich streng an die Vorschrift und aß nur noch eine Fleischspeise, ein Gemüse und ein Kompott nebst Brot. Ebenso blieb ich am Abend streng bei meiner Diät, und wenn ich mir darüber hinaus eine Portion Palatschinken bewilligte, so wird nur der etwas darin finden, der diese Speise nicht kennt. Palatschinken sind ganz dünne Pfannkuchen, die mit Kompott oder Fruchtgelee bestrichen und dann aufgerollt werden. Wenn ich den Erfinder dieses Gebäcks kennte, so würde ich ihm ein Denkmal errichten, und wie man Gelehrte, Dichter und Staatsmänner auf ihren Monumenten wohl mit einer Pergamentrolle darstellt, so würde ich ihm einen Palatschinken in die Hand geben. Außerdem muß man wissen, wie solche Sachen in Österreich bereitet werden. Ich lobe die österreichischen Mehlspeisen (die man dort merkwürdigerweise »Müllspeisen« nennt) grundsätzlich, weil, wer das unterläßt, beim nächsten Wiederbetreten des Landes als lästiger Ausländer ausgewiesen wird; aber ich lobe sie auch aus innerster Überzeugung. Sie werden selbst von den Hamburger Köchen nicht erreicht – sapienti sat.

So lebte ich abermals fünf Tage in Fasten und Kasteiungen dahin, mir nur hin und wieder einen kleinen Seitensprung gestattend, um das allzu schnelle Entfettungstempo wohltätig zu verlangsamen. Der »Herzkollaps« stand mir als warnendes Gespenst vor Augen. Dabei war ich so intensiv mit meiner Arbeit beschäftigt, daß ich mir beim Frühstück aus reiner Zerstreutheit zwei Eier oder Butter oder Schinken, einmal sogar alles zugleich kommen ließ und in Gedanken verzehrte. Am zehnten Tage schritt ich fröhlich zur Wage. Nach meinem Spiegelbilde und meinem Allgemeingefühl schätzte ich meine Gewichtsabnahme auf 3 Pfund. Das Resultat lautete: »94,5 Kilo.«

»Sie müssen sich irren!« rief ich.

»Bitt schön, schauen der Herr selbst nach,« sagte der Mann und gab mir den Zettel.

»Dann ist Ihre Wage nicht richtig.«

»Bitt schön, das ist die genaueste Wage in ganz Marienbad.«

Gewogen und zu schwer befunden, ein umgekehrter Belsazar verließ ich wankend das Haus. Ich ging in eine Buchhandlung und kaufte mir das Heft: »Wie werde ich energisch?« und begann meine Kur von vorn.

Ich trank Brunnen, daß ich zeitweilig an der fixen Idee litt, ich sei ein Rohr der städtischen Wasserleitung; ich knapperte morgens meinen einsamen Zwieback und scherzte dazu blutenden Herzens mit der appetitlichen Kellnerin, »ich kroch durch alle Krümmen des Gebirgs«, die in der Umgegend Marienbads aufzufinden sind, »den Durst mir stillend mit der Gletscher Milch, die in den Runsen schäumend niederquillt,« und schwitzte, oder, wie der Gebildete sagt: transpirierte, daß man die disjecta membra poetae in der ganzen Gemarkung hätte zusammenlesen können. Beim Mittagessen saß ich mit niedergeschlagenen Augen wie eine züchtige Pastorentochter, um die andern nicht essen zu sehen; denn, weiß der Teufel, obwohl ich jeden Tag anderswo saß, immer hatte ich zum Gegenüber einen Schlemmer und Fresser, der einen Rekord brechen zu wollen schien. Eine Tochter, die mir in diesen Tagen schrieb, daß man zu Hause eine »großartige« Aalsuppe mit Schwemmklößen gegessen habe, verstieß ich auf telegraphischem Wege. Mein »Ugolino« rückte natürlich nicht von der Stelle. Meinem »Freunde« wich ich, wenn ich ihn von weitem sah, in größtmöglichem Bogen aus. Ja, dieser »Freund«, er konnte lachen; er war ein »hagerer Wollüstling« wie Calcagno, »Bildung gefällig und unternehmend«; er konnte machen, was er wollte, er war und blieb geschmeidig wie ein Rapier. Man klagt ein Langes und Breites über die ungleiche Verteilung des Besitzes, über die ungleiche Verteilung der Geistesgaben, über die ungleiche Verteilung von Schönheit und Körperkraft; aber gibt es eine schreiendere Ungerechtigkeit, als daß Menschen jahraus, jahrein Diners von 15 Gängen mit zugehörigen Weinen und Likören vertilgen, ohne auch nur um die Dicke eines Lindenblättchens zuzunehmen? Muß einen nicht ein darmzerfressender Neid durchwühlen, wenn man das ansieht und um jeden elenden Kartoffelschmarrn ein Pfund schwerer wird?

Das Traurigste in diesen dunklen Tagen war, daß meine heimischen Zigarren alle geworden waren. In Österreich werden die Zigarren von der Regierung gedreht. Sie werden aus einem tabakähnlichen Stoffe verfertigt (ich halt es für eine Art Baumwolle), sind nicht billig, brennen aber vorzüglich und riechen nicht. Man kann sie Säuglingen geben, die die Muttermilch nicht vertragen. Der österreichische Patriot pflegt seine Zigarren zu verteidigen, indem er sagt: »Ja freilich, unsere Zigarren taugen nichts; aber das ist das Gute am Monopol: man kriegt sie in der ganzen Monarchie, auch im kleinsten Dorf, in der nämlichen Qualität.« Übrigens stimmt das nicht einmal; denn in den kleinen Spezereigeschäften auf den Dörfern werden sie gewöhnlich zwischen Petroleum und Chlorkalk aufbewahrt, und dann riechen sie. Freilich halten sie auch dann keinen Vergleich aus mit den italienischen Zigarren. Aus einer Zigarre in Venedig roch ich einmal Seife, Zimmt, Gorgonzola, Buchdruckerschwärze, ranziges Öl, Rhabarbertropfen, Kaffe und muffig gewordene Spaghetti heraus. An der Schweizer Grenze fragte mich ein Zollbeamter, ob ich auch italienische Zigarren im Koffer hätte. »Herr!« rief ich außer mir, »wie kommen Sie dazu, mir Perversitäten zuzumuten?!«

Warum ich mir keine Zigarren von Deutschland hereingeschmuggelt hatte? Ich halte mich nicht für berechtigt, einen Staat, mit dem wir einen Dreibund geschlossen haben, in seinen Finanzen zu schwächen. Offen gestanden, hatt' ich's auch vergessen.

An einem dieser Tage, von denen schon der Koheleth sehr richtig bemerkt, daß sie uns nicht gefallen, stand ich gedankenvoll vor dem Stadt- und Posthause, noch beschäftigt mit einem Brief, in dem mir Weib und Kinder ihre Verlassenheit klagten. Wie gern wär ich zu ihnen geeilt, wenn nicht Pflichten gegen das schnöde Fleisch mich an diesen Marterort gebannt hätten. Da fiel eine Hand auf meine Schulter, und neben mir stand mein Freund Calcagno.

»Famos, daß ich Sie treffe!« rief er, »gerade wollt' ich Ihnen schreiben. Also morgen um drei Uhr kommen ein paar nette Kerle zu mir zu einem einfachen Mittagessen. Tun Sie mir die Liebe, mit von der Partie zu sein.«

Ich kannte seine »einfachen Mittagessen«; Lucullus war Kasernenküche dagegen. Ich lehnte ab unter Hinweis auf meine Kur.

»Aber Teuerster, Ihre Kur soll nicht das Geringste darunter leiden. Lauter leichte Sachen! Schließlich brauchen Sie ja nur zu essen, was sich mit Ihrer Kur verträgt! Und wenn Sie nicht wollen, essen Sie gar nichts! Wenn Sie nur dabei sind!«

Ich bemerkte noch einmal mit vor Entschlossenheit bebender Stimme, daß ich fest bleiben müsse.

»Aber jeder vernünftige Arzt gestattet doch Ausnahmetage; er schreibt sie sogar vor.»Meide die Gewohnheit,« sagt Schweninger, ein Mann, der Bismarck entfettete! Wenn Sie sich an diese Lebensweise gewöhnen, werden Sie dick statt mager. Es ist eine bekannte Beobachtung, daß Sträflinge sogar bei der Zuchthausmenage fett werden –«

»Sie haben recht!« rief ich im frohen Gefühl, eine neue Wahrheit gefunden zu haben, »ich komme; ich komme bestimmt!«

»Na bravo! Das ist ein Manneswort. Sie werden sehen, es wird nett!«

O, ob es nett wurde! Es gab Kaviar, getrüffelte Gänseleber, Brüsseler Poularde, Langusten, Zungenragout, Sorbet usw. usw. Dazu 68er Steffansberg, 93er Hattenheimer Bildstock, 69er Lafite Schloß-Abzug, 47er Yquem, ganz alten Heidsieck; kurz: Weine von einem unglaublichen Innenleben und von einem Alter, daß man bei jedem Glase unwillkürlich nach dem Kopfe griff, um ehrerbietig den Hut abzunehmen. Und zu jedem Gericht und jedem Wein gab der Wirt nicht ohne Scharfsinn eine überzeugende Erklärung, warum und inwiefern sie kurgemäß wären. Von dem alten Heidsieck zu trinken, verbot mir gleichwohl meine Selbstzucht.

»Auf Sekt will ich denn doch lieber verzichten,« erklärte ich und hielt die Hand übers Glas.

»Warum denn gerade auf Sekt?« rief Calcagno mit grenzenlosem Erstaunen. »Alle Rennpferde kriegen Sekt. Haben Sie schon einmal ein korpulentes Rennpferd gesehen?«

Für streng logische Schlüsse habe ich immer eine Schwäche besessen; ich zog meine Hand zurück. – – –

Andern Mittags, als ich aufgestanden war, schlenderte ich über die Kreuzbrunnenpromenade und entdeckte dort eine automatische Wage mit der Überschrift: »Wieviel wiegen Sie?« Ich fand diese Frage zwar etwas dummdreist; aber ich konnte ihr doch nicht wiederstehen, stieg auf, steckte 20 Heller in den Schlitz und konstatierte 94 Kilo.

Also das war nun der ganze Erfolg nach drei Wochen des Darbens, Kurierens und Kasteiens. Ein ganzes Kilogramm!

Halt – an dem Automaten befand sich auch eine Tabelle, nach der man genau feststellen konnte, wieviel man wiegen dürfe. Ich fand, daß meiner Körperlänge ein Gewicht von 65 Kilo angemessen wäre. Also hätte ich 30 Kilo zu viel, und sie zu beseitigen, forderte 90 Wochen Marienbad. Es war doch geradezu lächerlich, solch einen Ort für Entfettungskuren zu empfehlen.

Ebenso lächerlich war übrigens diese Tabelle. Als ob man so rein mechanistisch die Leibesstärke eines Menschen vorschreiben könnte, als ob sie nicht individuelle Bestimmung wäre wie meine Augen, meine Stimme, meine Hand, mein Temperament. Ich ging die Reihe meiner Ahnen durch bis ins 15. Jahrhundert – soweit ich sie kannte, waren sie meistens – oder doch großenteils wohlbeleibt gewesen. Es war also meine Bestimmung, dick zu sein. Was wußten die Ärzte von meiner Bestimmung! Gewiß war es vernünftig und geraten, einem Übermaß vorzubeugen. Das wollt' ich ja auch, tat ich ja auch. Aber wie weit man gehen darf, das kann kein Automat und kein Arzt bestimmen; das muß man selbst fühlen. Ein vernünftiger und leidlich gebildeter Mensch soll sein eigener Arzt sein.

Danach beschloß ich nun zu handeln, und da gerade mein Geburtstag war, aß ich ein Gericht Knödel, wie ich sie so sehr liebe. Ich wußte wohl, daß ich nach diesen Knödeln wieder Gewissensbisse fühlen würde; aber Gewissensbisse machen mager, und so wurde die gewünschte Wirkung auf einem Umwege doch erzielt.

Als ich das Restaurant verlassen hatte, begegnete mir mein Namensvetter Eduard VII., der stellenweise erhabene Stammgast dieses Kurorts. Nun ja – war dieser Mann nicht eine wandelnde Reklame gegen Marienbad? Wieviele Jahre kam er nun schon hierher und noch immer war er dick, mindestens so dick wie ich. Und übrigens regiert dieser Mann trotz seiner Beleibtheit das korpulenteste Reich der Welt. Jawohl: das englische Volk nimmt ihm den größten Teil der Arbeit ab; aber außerhalb seines Reiches hat er doch sehr viel zu tun! Und was mich anbelangt, so mach ich mich trotz meines Embonpoints anheischig, jederzeit seinen Posten zu übernehmen, obwohl ich in dieser Hinsicht nichts weniger als Stellenjäger bin und mich um die Stellung Nikolaus des Zweiten oder Peters von Serbien nie beworben habe.

Hartnäckig wie ich in der Verfolgung eines einmal gesteckten Zieles bin, setzte ich bis zum Ende meines Aufenthalts meine Kur ohne Unterbrechung fort. Daß ich mich für das Diner meines Freundes revanchierte, ist selbstverständlich. Ich konnte mich unmöglich einladen lassen, ohne wieder einzuladen. Um Exzessen vorzubeugen, gab ich indessen kein Diner, sondern nur ein Frühstück; daß meine Gäste erst nach Mitternacht aufbrachen, ist nicht meine Schuld, ich konnte sie doch nicht fortschicken.

So hatte sich denn unter den Mitgliedern dieses Kreises ein höchst erfreuliches Verhältnis herausgebildet, und dieses harmonische Einvernehmen fand in einem Abschiedsessen, das die Herren mir am Abend vor meiner Abreise gaben, seinen natürlichen Ausdruck. Die Herren überhäuften mich mit Aufmerksamkeiten jeglicher Art; sie hatten ein Menu zusammengestellt, das ausschließlich aus meinen Lieblingsspeisen bestand, und wollten es sich nicht nehmen lassen, mich von der Festtafel direkt an den Zug zu begleiten. Ich nahm dies Anerbieten mit Vergnügen an, ließ mich aber selbverständlich durch allen Jubel und Trubel in meinem Pflichtgefühl nicht beirren. Unter dem Vorwande, daß ich mir noch Handschuhe kaufen müsse, trat ich auf dem Wege zum Bahnhof in ein Handschuhgeschäft mit allein richtiger Personenwage. Ich legte alles ab: Hut, Mantel, Taschenmesser usw., nur nicht das Portemonnaie – es war von keinem Belang mehr – setzte mich in den Stuhl und machte mich so leicht wie möglich.

»95,3 Kilo!«

Das »weitbeschreyte« altberühmte Marienbad hatte mir also nicht nur nichts geholfen; es hatte mir zu meiner Fülle noch 2–300 Gramm hinzugebürdet. Und auf diesen Schwindel war selbst ein Goethe hineingefallen!

Daheim schilderte ich meinen Freunden bis ins Einzelne hinein die Marienbader Kur und ihre Vorschriften.

»Und das hast du vier Wochen lang befolgt?« riefen sie wie aus einem Munde.

»Im großen und ganzen – und im wesentlichen ja!« versetzte ich mit einer großen und runden Armbewegung.

Warum die Kerle sich in die Rippen stießen und mein bester, treuester Freund sogar laut herausprustete, ist mir noch heute ein Rätsel.

Über den Umgang des Autors mit Schauspielern.

Ich weiß nicht, ob es allgemein bekannt ist, daß ich der glückliche Besitzer einer großen diplomatischen Begabung bin. Daß ich mir schon verschiedentlich Beleidigungsprozesse zugezogen habe, scheint dagegen zu sprechen, scheint es aber nur. Ich gehöre eben nicht zur alten diplomatischen Schule, die durch Täuschung, Hinterhältigkeit, Heimlichkeit, Überlistung und Verschlagenheit ihr Ziel zu erreichen suchte; ich bin ein Schüler Bismarcks und Bülows, die eine Diplomatie der Aufrichtigkeit, Ehrlichkeit und Offenheit vertraten und noch vertreten. Unsere Regierungskreise haben freilich bisher nicht den weiten Blick besessen, mich zu einer Mitwirkung auf der Weltbühne zu berufen; immerhin aber habe ich hundertfach Gelegenheit gehabt, auf der Bühne, die die Welt *bedeutet* und die nicht selten eine feinere Diplomatie verlangt als das politische Theater, meine Befähigung zum Staatsmann überzeugend zu beweisen.

Zu den selbstverständlichsten Eigenschaften eines Diplomaten gehört die Einsicht, daß man mit den vermiedenen Ständen, Bildungs- und Berufsklassen der Menschen nicht auf die gleiche Art verkehren dürfe. Der Soldat will anders behandelt sein als der Geistliche, der Landmann anders als der Lyriker, der Reichskanzler anders als der Liftboy, ja selbst eine alte Stiftsdame will anders genommen sein als eine Barkeeperin. Da ich nun als dramatischer Schriftsteller vielfach mit Schauspielern in Berührung gekommen bin, so liegt es nahe, daß ich mir über den Umgang des Autors mit Schauspielern ganz bestimmte Regeln aufgestellt habe, und diesen Autoren-Knigge sozusagen möchte ich hier, im Auszuge wenigstens, zu allgemeinem Besten, insonderheit zum Nutzen meiner Kollegen vortragen dürfen

Der Verkehr des Dichters mit dem Schauspieler beginnt schon mit der Entstehung des Dramas. Der Schauspieler empfindet es mit Recht als unwürdig, wenn der Dichter bei der Schöpfung seines Werkes nach dem Darsteller schielt, auf »gute Rollen« bedacht ist, ja, einem bestimmten Mimen gar »auf den Leib« schreibt. Der Schauspieler von heute weiß sehr wohl, daß die Dichtung nicht um des Schauspielers, sondern der Schauspieler um der Dichtung willen da ist, er weiß, daß ein Stück nicht aus lauter guten Rollen bestehen kann, weiß, daß es für einen großen Künstler keine kleine Rolle gibt und schickt darum auch die kleinste Partie nicht zurück. Der Dichter zeige sich solcher echt künstlerischen Gesinnung würdig und bringe in seinem Stück so viel alte Damen, hinausgeschmissene Liebhaber, Briefträger- und Bedientenrollen an, wie es ihm gut dünkt. Er kann dadurch in der Achtung der Darsteller nur gewinnen. Desgleichen, wenn er Stücke mit wenigen Personen schreibt. Kein Bühnenkünstler wird Goethes »Iphigenie« einen »elenden Schmarrn« nennen, weil, auch beim besten Willen des Direktors, kein ganzes Burgtheaterpersonal darin beschäftigt werden kann. Der Autor wende nicht ein, daß Goethe seit 77 Jahren tot sei. Es wird ein Tag kommen, wo er ebenso lange tot ist.

Wenn sein Stück auf einer Bühne erscheinen soll, dann versäume der Dichter nicht, sämtlichen Proben von der ersten bis zur letzten beizuwohnen. Die Darsteller freuen sich schon monatelang vorher auf sein Kommen; sie sagen es selbst. Das Erste, was der jubelnd Umringte alsdann zu tun hat, ist dies: er lese das ganze Stück den Darstellern vor, oder noch besser: er spiele es ihnen vor. Je besser er liest oder spielt, desto gespannter natürlich die Zuhörerschaft, deren Dank sich schließlich in donnernden Beifallssalven entlädt. Gerade der Schauspieler empfindet den von Tradition und Routine freien Vortrag eines Nichtschauspielers stets als ein wahres Labsal, und mit wahrhaft rührendem Eifer bemüht er sich, dem Vortragenden alles bis ins Einzelne hinein nachzumachen. Sollte der eine oder andere Darsteller dem Autor dennoch nicht zu Dank spielen, so schildere er eingehend, wie glänzend ein anderer Schauspieler an einer anderen Bühne dieselbe Stelle zur Geltung gebracht habe, dann wird es der gegenwärtige Darsteller sofort ebenso machen. Auch ist es dem Schauspieler sehr erwünscht, wenn der Dichter ihn bei jeder Stelle, die ihm nicht gefällt, sofort unterbricht und ihm in einer längeren und gediegenen Abhandlung auseinandersetzt, was dieser Passus eigentlich zu bedeuten habe. Andrerseits unterstütze er den Eifer der Darsteller durch öftere Zwischenrufe wie »Gar nicht so schlecht!« oder »Nun, nun, es wird schon werden!« oder »Keineswegs talentlos!« u. dgl.; besonders bei längeren leidenschaftlichen Entladungen ähnlich der des fluchenden Lear wirken solche Zurufe stets anfeuernd. Damen und jugendliche Liebhaber werden, wenn ihr Spiel und ihre Erscheinung die rechte Jugendlichkeit vermissen lassen, es dem Dichter Dank wissen, wenn er sie sofort darauf aufmerksam macht; Damen sind überdies für Winke, wie sie ihre Toilette geschmackvoller gestalten können, jederzeit empfänglich. Wenn sie sich umgekehrt zu jung, zu hübsch und elegant gemacht haben und der Autor ihnen vorstellt, daß sie sich noch mindestens 10 Jahre hinzuschminken müßten, dann werden sie mit entzückendem Erstaunen bemerken, daß sie dies ja schon getan hätten; wenn er sie aber an die gebieterischen Forderungen der Kunst gemahnt, werden sie gern in ihre Garderobe zurückkehren und abermals zum Schminktopf greifen. Dabei kommt es freilich vor, daß sie sich vergreifen, und wenn sie auf die Bühne zurückkehren, noch 10 Jahre jünger aussehen. Indessen sind diese Damen von einer so bestrickenden Logik, daß sie Shakespearen, wenn er sich noch einmal entschließen sollte, einer Macbeth-Probe beizuwohnen, die Versicherung abnötigen würden, er habe sich die Hexen selbstverständlich als blutjunge, fesche und elegante Weiberln gedacht.

Ist endlich der Augenblick der Premiere herangekommen, so wünsche der Autor vor Beginn der Aufführung jedem einzelnen Mitwirkenden Glück, genau wie man es bei Beginn der Jagd zu tun pflegt. Er zeige sich zuversichtlich und siegesgewiß und rufe einmal übers andre: »Alles wird gutgehen! Der Erfolg kann nicht ausbleiben!« Wenn die Schauspieler dann dreimal ausspucken, so bedeutet es Zustimmung. Sollte trotzdem der eine oder andre von ihnen versagen, so mache der Autor ihn unverzüglich nach seinem Abgang darauf aufmerksam, daß er heute nicht auf der Höhe sei; er wird dann in den folgenden Szenen viel besser werden. Ein bei den Premierenteufeln sehr beliebter Unfall sind die Sprünge im Dialog. Der Schauspieler springt z. B. versehentlich aus der 2. Szene in die 9. oder aus dem 1. Akt in den 3. Dann ist es sehr wünschenswert, daß der Antor einen Platz hinter den Kulissen habe, von dem aus er die ganze Bühne übersieht und dem Darsteller jederzeit durch lebhafte Gebärden, Mienen und Zurufe auf die rechte Spur helfen kann. Dieser fühlt sich dann um vieles ruhiger. Der Zwischenakt ist dann der geeignete Moment, um gute Einfälle, wie sie dem Autor während der Premiere zu kommen pflegen, noch in das Stück einzufügen, Streichungen vorzunehmen, Gestrichenes wiederherzustellen, Masken und Kostüme zu kritisieren usw. usw.

Wenn dann alles vorüber und ein großer Erfolg erzielt ist und man sich danach irgendwo beim Glase versammelt hat, dann halte der Dichter mit seinem Danke nicht zurück und spreche es unumwunden aus, daß, wenn der Erfolg auch zweifellos dem Stück zuzuschreiben sei, die Darsteller doch auch in gewissem Sinne zu dem Erfolge beigetragen, jedenfalls aber nichts verdorben hätten. In der Zeitung steht nämlich am folgenden Tage immer, daß nur die Kunst der Darsteller den Schmarrn herausgerissen habe, und wenn man da nicht vorbeugt, so glaubt es der eine oder andere Leichtgläubige unter den Schauspielern. Auch unterlasse der Toastende nicht, genau den Rang anzugeben, den die betr. Aufführung unter allen, die er gesehen hat, einnimmt; er sage z. B.: Nach der Hamburger, der Stuttgarter und der Merseburger Aufführung ist diese Berliner Aufführung entschieden die beste.« Ein gutes Wort findet immer eine gute Statt. Ausklingen lasse der Autor seinen Toast in einem Hoch auf die Hauptdarsteller. Sollte ein Zweifel darüber bestehen, wer diese seien, so bezeichne er sie genau. Diesen verehre er auch sein Bildnis mit einer angemessenen Unterschrift wie:

»Dem strebsamen und fleißigen Künstler.«

oder:

»Dem zweitbesten Darsteller meines Theobald.«

oder:

»Dem wackeren Schauspieler und unvergleichlichen Menschen.«

usw. usw.

Nicht zu billigen ist es, wenn der Autor jedem Darsteller einzeln sagt, daß er den Vogel abgeschossen habe. Es ist nicht zu vermeiden, daß die Schauspieler später wieder zusammentreffen und die abgeschossenen Vögel zusammenzählen.

Ähnlich wie den Schauspielern gegenüber verhalte sich der Autor im Verkehr mit den Direktoren, und wenn diese zugleich Schauspieler sind, sei er doppelt aufrichtig. Direktoren und deren Gattinnen, die an ihrer Bühne zugleich als Darsteller wirken, verzehren sich vor Verlangen nach dem ungeschminkten Urteil eines unbefangenen Mannes, der nicht an ihrer Bühne angestellt ist; diesem Bedürfnis komme der Autor in weiterem Maße entgegen. Andrerseits lobe er, wenn anders er Grund dazu hat, dem Direktor gegenüber gerade diejenigen Künstler – und zwar in deren Beisein – mit denen der Direktor gespannt ist, denen er vielleicht gar gekündigt hat oder die eine Gagenerhöhung gefordert haben; denn niemand weiß besser als ein Theaterdirektor, daß justitia das fundamentum auch der Theaterregierungen ist.

Wenn der Autor alle diese Regeln befolgt, dann werden sich die Schauspieler zu seinen Stücken drängen, und besonders die Erkenntlichkeit der Direktoren wird keine Grenzen kennen. Wenn man Dankbarkeit im allgemeinen bei den Menschen vergebens sucht – beim Theater und seinen Direktoren hat sie ihr Heim aufgeschlagen. Ein Mime, für den ein Dichter einmal einen Karl Moor geschrieben hat, wird in Zukunft aus nie verlöschender Liebe zu diesem Dichter jeden Stier von Uri spielen, und ein Direktor, der einmal mit dem Werk eines Dichters einen großen Erfolg und Gewinn erzielt hat, wird fortan alles spielen, was der Dichter schreibt, und wenn er an die Ausstattung eines Stückes hundert – ach, was sage ich! – hundertundzwanzig Mark wenden müßte.

Bin ich also dafür, daß der Autor das »zarte, leicht verletzliche Geschlecht« der Bühnenkünstler mit dem subtilsten Feingefühl und mit gewinnendster Liebenswürdigkeit behandle, so halte ich andrerseits dafür, daß der Dichter den gleichen Anspruch an die Schauspieler erheben dürfe, und es wäre dringend zu wünschen, daß ein Theatermann einmal die Regeln für die Behandlung der dramatischen Autoren zusammenstellte. Ich will gleich an einem Beispiel zeigen, wie ich mir das denke. Nehmen wir an, dem Darsteller stieße während der Probe ein Passus in seiner Rolle auf, der ihm wenig gelungen erschiene; wenn er sich dann unterbricht, sich an den Kopf faßt und zu dem im Parkett sitzenden Autor mit schwerem, tragischem Akzent hinunterruft: »Herr Doktor, soll ich das *wirklich sagen??!!*« so wird das auf den Angerufenen immer einen tiefen Eindruck machen, wenn man ihn auch im Dunkel des Theaterraumes nicht genau beobachten kann. Oder man denke sich, der Dichter beklage sich über Mangel an Proben; dann wird es ihn trösten und ihm wohltun, wenn der Schauspieler ihm mitfühlend die Hand auf die Schulter legt und liebevollen Tones spricht: »Liebster, verehrtester Herr Doktor! An dieser Bühne probt man nicht einmal die wirklichen Dichter!« usw.

Ich habe die Absicht, diesen »Knigge« weiter auszuarbeiten und vor allem auf den Umgang des Autors mit der Presse auszudehnen. Die Presse – das weiß man – hat nur das eine Bestreben: Wahrheit und Gerechtigkeit um jeden Preis zu stabilieren und zu schützen. Die Freiheit des Wortes, die sie für sich verlangt, ist sie jedermann zu gewähren jederzeit bereit. Sie kennt keinen Boykott und keinen Terror. Darum heißt auch den Büchern und Stücken von Rezensenten gegenüber die oberste Forderung: Ehrlichkeit und Offenheit. Noch kürzlich habe ich das bewährt gefunden. Die Gattin eines Theaterkritikers übergab mir ihre Gedichte mit der Bitte um mein ehrliches, rücksichtsloses Urteil. Sie fügte hinzu, daß sie gerade mir dieses Buch besonders gern zur Beurteilung gebe, weil meine Offenheit bekannt sei. Ich las die Gedichte vom ersten bis zum letzten und brauchte mit meinem Urteil um so weniger zurückzuhalten, als ich der jungen und hübschen Dame mit bestem Gewissen sagen konnte, daß mir eines dieser Gedichte nicht übel gefallen habe. Sie sagte freilich: »Gott, Sie gräßlicher Mensch!« schien also nicht ganz befriedigt zu sein; aber sie hat sich, obwohl Schriftstellerin, mit keinem Federstriche gerächt: denn die fürchterliche Verreißung meines Stückes, die bald darauf in der Zeitung stand, war von ihrem Gatten.

Daß trotz solcher Erfolge die Diplomatie der Aufrichtigkeit noch nicht auf mich aufmerksam geworden ist – meine Schuld ist es nicht.

Warnung vor der Sommerfrische.

Schon in den äußerst frischen Tagen des Januar lagen sie mir täglich in den Ohren:

»Vater, gehen wir dies Jahr in die Sommerfrische?«

»Vater, *wenn* wir dies Jahr in die Sommerfrische gehen, *wohin* gehen wir dann wohl?«

»Vater, *wenn* wir wieder an die Nordsee gehen, *wann* reisen wir dann wohl?«

»Vater, *wenn* wir wieder reisen, fahren wir dann zu Schiff oder mit der Eisenbahn?«

»Vater, *wenn* wir mit der Eisenbahn fahren, nehmen wir dann wieder einen Zug mit Speisewagen?«

Man beachte, wie in diesen Fragen die Voraussetzungen immer positiver werden.

»Es ist noch sehr die Frage, ob wir überhaupt reisen,« sage ich. Das gibt für einen Tag Ruhe.

Am nächsten fragt das Jüngste, das als äußerster Posten vorgeschoben wird, in sehr bescheidenem Tone:

»Vater, hast du dich schon entschieden, ob wir diesen Sommer reisen?«

»Nein.«

»Vater, wenn wir dies Jahr wieder in die Sommerfrische gehen, ich meine nur: *wenn* wir es tun, wohin« usw. (Siehe oben.)

Im Grunde ist es ein Unfug, in die Sommerfrische zu gehen, wenn unser Dorf und unser großer Garten in Laub und Blüte prangen und Augen und Wangen der Kinder so sommerfrisch wie nur möglich erglänzen. Und vollends hat ein »freier Schriftsteller« keinen Anspruch auf dergleichen »Ausspannung«, wenn er so streng periodisch faulenzt wie ich und dafür so treffliche Worte wie »Meditation« und »innere Sammlung« zur Verfügung hat.

»Mutter hat eine Erholung sehr nötig,« sagt eines der Kinder.

Ach so.

Ich halte dieses Mitgefühl für höchstens fünfzigprozentig; aber der Satz hat seine Berechtigung. Der freie schaffende Schriftsteller hat, wenn er zufällig arbeitet, in eben dieser Arbeit die köstlichste Sommerfrische, oder er soll lieber nicht schreiben; das Weib aber, das die Danaidenarbeit der Hausfrau verrichtet – was sie ordnet, wird täglich wieder verwirrt; was sie reinigt, wird täglich wieder unsauber gemacht; was sie kocht, wird täglich wieder vertilgt, und um so sicherer, wenn es gut gekocht ist – das Weib also, das um die täglich schnurrende Spindel des Haushalts den immer gleichen, endlosen Faden dreht: das Weib muß hinaus.

Immerhin konnte man noch im Zweifel sein, ob die Gattin und Mutter in diesem Jahre durchaus erholungsbedürftig sei; sie selbst verneinte das entschieden; aber als sie die Vorbereitungen für die Reise und den fünfwöchigen Kuraufenthalt von sieben Personen getroffen hatte, da konnte nicht der geringste Zweifel mehr an ihrer gründlichen Erholungsbedürftigkeit bestehen. Man muß zugeben, daß es eigentlich nicht sehr sinnreich ist, durch wochenlanges ununterbrochenes Schneidern und Bügeln, Einkaufen und Besorgen, Aus- und Einpacken die hinreichende Abspannung und Nervosität für eine erfolgreiche Erfrischungskur erst zu schaffen; aber wie selten sind die Handlungen der Menschen sinnreich. Und da Kinder das Gute in der Nähe niemals finden, da sie immer in die Ferne schweifen wollen, da Kinder in ihrem Denken und Empfinden überhaupt fabelhaft ungoethisch sind und nur durch Schaden klug werden können, so müssen sie eben in die Sommerfrische.

Und das muß ich ja sagen: die Ausfahrt mit der Eisenbahn ist lautere Lust. Wir könnten auch zur See an unser Ziel gelangen, und ich für meine Person bin einigermaßen seefest; aber der bloße Gedanke an die bloße Möglichkeit einer Familienseekrankheit braucht mir nur aufzusteigen, und ich entscheide mich sofort für die Eisenbahn. Meine Frau und ich haben es so eingerichtet, daß die Familie gerade ein Wagenabteil füllt.

Und da sitzen sie nun mit ihren zehn blanken Augen voll Fernenlust und Erwartungsjubel. Ich weiß nicht: ich muß mich immer hüten, daß mir die Augen nicht feucht werden, wenn ich so viel jugendliche Erwartungsfreude sehe. Wenn ich sage: »Da sitzen sie,«

so ist das übrigens eine Beschönigung. *Wenn* sie sitzen, so sitzen sie doch alle fünf Minuten auf einem andern Platze; im übrigen machen sie sich soviel Bewegung, wie der Raum nicht zuläßt. Jede Telegraphenstange ist etwas Neues, jeder Steinkohlenschuppen etwas Schönes, jeder aufspringende Hase ist ein Abenteuer, jeder Bahnwärter eine interessante Bekanntschaft und jeder Kartoffelacker eine Landschaft, oder, wie die Kleinste sagt: eine »Lampschaft« Indessen: so eine Reise dauert sieben Stunden, und im Verlaufe von sieben Stunden verlieren auch Telegraphenpfähle ihren Reiz. Ja, selbst Hasen ziehen nicht mehr. Dann muß ich für die Hasen einspringen.

»Vater, mach' mal wieder Witze.«

Dieses Verlangen ist nicht so grausam, wie es sich der Leser wohl denkt. Unter »Witzen« ist hier nicht zu verstehen, was man in der Literatur darunter begreift. Ein dummes Gesicht zum Beispiel, das ich in verschiedenen Variationen ganz ausgezeichnet zu machen verstehe, ist ein sehr guter Witz, und so alte Anekdoten gibt es nicht, daß diese unverbrauchten Zwerchfelle nicht darauf reagierten. Ich habe vermutlich gerade wieder einen glänzenden »Witz« gemacht; das ganze Coupé »wälzt« sich; das Jüngste liegt oben im Gepäcknetz und strampelt jauchzend mit den Beinen – da öffnet ein Husarenleutnant die Tür, um einzusteigen. Die fünf »angeregten« Kinder erblicken und mit dem Ausruf »Barmherziger Himmel!« die Tür wieder zuschlagen, ist das Werk einer halben Sekunde. Ich kann es ihm so tief nachempfinden, und doch halt' ich unter den vielen Imperativen unserer Tage nur wenige für so befolgenswert wie den Imperativ: Reise mit Kindern.

Wohlverstanden: Ich habe nicht hinzugefügt: »In die Sommerfrische.« Denn das würde heißen: Reise mit 84 Hemden, 98 Unterhosen, 120 Paar Strümpfen, 280 Schnupftüchern usw. (Der Leser ergänze das andere nach Proportionalrechnung.) Wie meint der Leser? Man brauche nicht so viel mitzunehmen, man könne ja an Ort und Stelle etwas zur Wäsche geben? Gewiß kann man das; aber der geneigte Leser versuche mal, es wieder zu bekommen. Sollte er ein Verhältnis mit der Wäscherin haben und seine Sachen infolgedessen noch vor Weihnachten zurückerhalten, so werden sie nach einer Schmierseife riechen, daß er lieber ungeschneuzt durchs Leben wandelt als solch ein Taschentuch an die Nase zu führen.

Die Eisenbahn oder das Schiff bringen uns nicht bis an den Ort unserer Erholung; da wir Ruhe und Abgeschiedenheit suchen, ist das ja soweit in Ordnung. Aber der Weg, den wir nun noch mittels Kleinbahn und Wagen zurücklegen müssen, ist keineswegs in Ordnung. Vermutlich hat der Leser einmal gesehen und gehört, wie ein schwerer, mit Hunderten von losen Eisenstangen und Blechplatten beladener Lastwagen über ein holperiges Straßenpflaster fährt. Der geneigte Leser setze sich in Gedanken oben auf diese Eisenstangen und Blechplatten, und er hat die Fahrt mit unserer Kleinbahn. Wenn er seiner Frau ins Ohr brüllt: »Wie geht es dir, mein Schatz?« dann wird sie etwas zurückschreien wie »Montag!« oder »Brasilien!« oder dergleichen. Diese Fahrt dauert eine Stunde. Man darf sie eben noch nicht als Sommerfrische, sondern muß sie als Präparation auf die Sommerfrische betrachten. Dann folgt eine Stunde Wagenfahrt. Wer diese hinter sich hat, ist unter allen Umständen erholungsbedürftig. Wenn man Erbsen auf eine Trommel legt und dann auf dem Fell einen Wirbel schlägt, so hüpfen die Erbsen genau wie Reisende, die diese Wagenfahrt machen. Die Kinder finden das zunächst sehr lustig und verlangen keine Witze mehr von mir; ich wäre auch nicht in der Lage. Aber schließlich werden sie müde und verlangen ins Bett. Zum Schlafengehen bedarf es freilich noch verschiedener Dinge, die in den Koffern sind. Und die Koffer werden, wie uns der händereibende Wirt beruhigend versichert, spätestens morgen früh nachkommen. . . .

»Um 10 Uhr ist alles vorbei« – das ist ein trostreiches Wort bei den Theaterleuten. Es gilt auch für Badereisende, nur daß es gewöhnlich mehrere Stunden später wird und dann auch noch nicht alles vorbei ist. Meine Frau hat die Zierdecken von den Betten genommen, und –»mich faßt ein längst entwohnter Schauer«. Als Kind mußte ich eine Zeitlang Lebertran nehmen. Ich war um die Stunde des Einnehmens mit Vorliebe nicht anwesend, mußte immer erst förmlich verhaftet werden, und wenn man mich dann auf den Rücken legte, mir Arme und Beine fest und die Nase zuhielt, dann nahm ich den Tran, weil ich ihn wohl oder übel – häufiger übel als wohl – nehmen mußte. Ich schwelge gern in den Erinnerungen meiner Kindheit; aber um den Lebertran macht die Erinnerung noch heute mit zugehaltener Nase einen weiten Bogen. Diese Betten hier riechen nach Tran. Bettlaken, Überzüge, Handtücher, Servietten – alles ist mit einer Seife gewaschen, die man mit Tran bereitet hat. Meine Frau versprengt eine Unmenge Parfüm; aber dadurch kommt ein Mischgeruch heraus, der noch abscheulicher wirkt. Zum Glück hat die Natur das menschliche Riechorgan so eingerichtet, daß es gegen Gerüche bald abstumpft. Es hilft ja auch alles nichts: endlich muß man doch liegen und schlafen, und wir schlüpfen ins Bett.

Auf dem Hofe schlägt irgendwo eine Tür. In der Sommerfrische schlagen immer Türen. Wenn die Tür noch so liebenswürdig sein wollte, in regelmäßigen Zwischenräumen zu schlagen, so hätte ich nichts dagegen. An rhythmische Geräusche gewöhnt man sich; sie haben sogar etwas Einschläferndes. Aber nein; fünf Minuten lang denke ich ununterbrochen: jetzt hat sie sich beruhigt, und wenn ich dann zufrieden die Augen schließe, dann knallt sie. Ich werde morgen natürlich unsere Wirte ersuchen, die Tür zu befestigen; aber es wird wenig ausmachen; denn morgen wird dafür eine andere Tür oder ein Fenster schlagen. Während ich stundenlang zwischen Schlaf und Wachen liege, beschleicht mich überdies ein wachsendes Unbehagen, das ich mir anfangs nicht erklären kann. Endlich hab' ich's heraus: mich friert. Wenn die Bettdecke so warm wäre, wie sie schwer ist, dann wäre sie die wärmste Decke der Welt. Dazu kommt, daß durch die offenbar nicht völlig schließenden Fenster der in diesen Himmelsstrichen übliche Wind mit ermunternder Frische hereindrängt. Ich sage mir ja, daß es Sommerfrische ist; aber ich steige schließlich doch wieder aus dem Bett heraus und suche, was an Mänteln und Decken vorhanden ist, zusammen, um damit die Fenster zu verhängen und mein Bett zu ergänzen. O mein heimisches Bett – nur nicht dran denken – nicht dran denken –! Man geht ja in die Sommerfrische, »um alles hinter sich zu lassen, was usw.«

Ich habe meine Virtuosität im Faulenzen gerühmt. Aber immer faulenzen, das ist dasselbe, wie ununterbrochen Rebhühner essen. Ich pflege deshalb in der Sommerfrische des Morgens zu arbeiten, um den Nachmittag mit der heiteren Ruhe eines pflichttreuen Mannes totschlagen zu können.

Es ist Morgen, und ich will also arbeiten. Trotz der miserablen Nacht bin ich in geradezu schaffenswütiger Stimmung; irgend eine Frucht in mir ist im neunten Monat. Ich eile in fiebernder Hast an die Kommode, in der mein Schreibpapier liegt. Die Schublade läßt sich nicht öffnen. Sommerfrischenschubladen lassen sich nie öffnen, diese aber schon gar nicht. Ich reiße und zerre, klopfe und drücke – vergebens. Jetzt ist mir warm – heut' Nacht wär' es mir lieber gewesen. Noch ein verzweifelter, sozusagen tobsüchtiger Angriff – ich liege mitten in der Stube und die Schublade oben auf mir. So was macht Stimmung.

Nun die Tinte. Es ist nicht einmal ein Tintenfaß da. Ich will die Klingel ziehen – ach so, sie geht ja nicht. Sie ging ja schon 1904 nicht; jetzt haben wir 1908. Der gesunde Sinn der Landbevölkerung ist konservativ; die nervöse Hast des Großstädters liegt ihm fern. Er denkt so wie jener Kieler Theaterdirektor, der, als sein Regisseur ihn mahnte, doch endlich einmal zur Hervorbringung nötiger Bühnenmusiken ein Klavier anzuschaffen, entgegnete: »Ach, wozu denn? Die Leute hier sind gar nicht für das Übertriebene.«

Ich steige hinunter in die Region der Wirte. Nach langem Suchen finde ich die Wirtin am Waschkübel. Feder und Tinte sollen sofort hinaufgebracht werden. Gut.

Der preußische Minister von Puttkamer hat einmal erklärt, »sofort« könne auch »nach drei Monaten« bedeuten. Er war auch Landbewohner. Aber die Tinte ist schon nach einer halben Stunde da.

Ich tauche mit großem Schwunge die Feder ein, um die Überschrift zu schreiben – kein Strich. Ich gucke ins Tintenglas: auf seinem Grunde sitzt eine schwarze Kruste, die vor Jahren einmal Tinte gewesen sein kann. Ich also wieder hinunter zur Wirtin, um ihr die »Tinte« zu zeigen.

»Ja, wir schreiben ja nicht,« bemerkt sie achselzuckend, und aus ihrem Tone klingt ein unverkennbarer Vorwurf gegen mich heraus.

»Ja, wie bekomm' ich denn nun Tinte?« frage ich bescheiden.

»Sowie mein Mann zur Stadt geht, soll er Tinte mitbringen.«

»Wann geht Ihr Mann zur Stadt?«

»Jeden Sonnabend,« versichert sie beruhigenden Tones. (Heute ist Dienstag.) Und die Frau sagt das mit einem sonnigen Lächeln, als wenn die deutsche Literatur ruhig warten und man die Geburt eines Kindes nach Belieben um fünf Tage hinausschieben könnte.

Ich werde also zum Bleistift greifen müssen. Das ist mir fürchterlich; ich muß schöne, tiefschwarze Schriftzüge auf blütenweißem Papier vor mir sehen, das regt mich an. Mit Bleistift kann ich nicht dichten. Aber in der Not . . .

Ich bin gewohnt, beim Arbeiten zu rauchen, habe mir denn auch ein ansehnliches Quantum erlesenster Zigarren mitgenommen. Ich entzünde eine davon – sie schmeckt nach Anchovis. Alles nimmt hier Seesalzgeschmack an, die Zigarren aber besonders. Man entzünde einen gesalzenen Hering und versuche, zu rauchen – es schmeckt nicht.

Auch bin ich gewohnt, beim Arbeiten unaufhörlich auf und ab zu gehen. Hier knarren die Dielen. Sämtliche Fußböden in sämtlichen Sommerfrischen knarren ohne Ausnahme. Unmöglich, einen Gedanken zu fassen. Ich kann nichts anderes denken als: »Jetzt kommt gleich wieder das knarrende Brett.« Ich suche einen andern Weg durch das Zimmer. Da rummelt es. Jedesmal, wenn ich an eine bestimmte Stelle komme, macht irgend etwas: »Rumbumbumbumbum«. Eine halbe Stunde lang suche ich nach der Ursache dieses impertinenten Geräusches. Ist es das »schauerlich gedrehte« Weib im »Jugendstil« unserer Galanteriewarenläden, das auf der Kommode steht? Ich nehm' es und bette es weich in die Ecke des Plüschsofas – das Geräusch bleibt. Ich nehme von dem »Phantasieschrank« sämtliche Nippes herunter und lege sie zu der Dame aufs Sofa – es rummelt weiter. Halt. Der »Phantasieschrank« hat oben zwei wundervoll gedrehte Zierknöpfe; solche Knöpfe sitzen in Sommerfrischen immer lose – richtig: ich brauche nur leise an den Schrank zu stoßen und sie fallen mir wie reife Früchte in die Hand – ich lege sie zu dem Übrigen. Das Geräusch dauert fort.

Unterdessen fault die Frucht meines Geistes auf dem Halme. Denn jetzt wäre ich allenfalls in der Stimmung, einige Menschen zu ermorden, nicht aber, einem Kunstwerk das Leben zu geben.

Und zu Hause habe ich ein Arbeitszimmer – oh, – von Norden und Süden blicken blauer Himmel und grüne Bäume herein, vom

Süden außerdem die Sonne; am Tage hilft mir die Drossel, am Abend die Nachtigall bei meinem Werk; da knarrt nichts, da rummelt nichts; es ist die Ruhe, die Sammlung selbst; es ist eine beständige Inspiration; mein Barbier, wenn er mich rasieren kommt, sagt jedesmal: »Ja – hier könnte ich auch dichten.« – kurz: ich werde mich hüten, es weiter zu beschreiben; der Leser würde sonst ausrufen: »Aber dann sind Sie doch ein Quadrat-E—«

Nein, geneigter Leser, Kubik-, bitte, Kubik-! Aber was hilft diese Einsicht? Das Beste ist: nicht dran denken, nicht dran denken. Man geht ja ins Bad, um »alles hinter sich zu lassen, was usw.«

Nach solchem nützlich verbrachten Morgen geht man zum Essen. Wir gehen ins beste Hotel dieses Kurortes. Es gibt den bekannten internationalen Hotelfraß (Pardon: aber jede Milde wäre hier wirklich unangebracht). Eine Speise soll ein Kunstwerk sein, und nun stelle man sich ein Kunstwerk vor, das ein Publikum von Japan bis San Francisco, vom Lyriker bis zum Ochsenkommissionär befriedigt. Die Suppe schmeckt genau wie der Pudding, der Gurkensalat genau wie der Rehrücken. Und die Sauce, diese weltumspannende Grand Hotel-Sauce, die, wenn man in Hammerfest den Teller kippt, im nächsten Augenblick in Messina ist! Warmes Wasser, in das man ein paar Tropfen Kaffee schüttet, würde dieselben Dienste tun. Aber eines erfreut uns doch, mein Weib und mich: die Kinder, die Kinder! Man erlebt sein blaues Wunder! Sie, die zu Hause oft die leckersten Dinge verschmähen, hier finden sie alles herrlich und himmlisch, auch den ausgesprochensten Buchbinderpudding. Und wenn sie daheim durch keinen Zwang und keine Überredung zu bewegen sind, Hammelfleisch zu essen – hier essen sie Hammelfleisch. Es ist ja etwas Anderes, etwas Fremdes, etwas Neues. Außerdem heißt es hier Mouton.

Um das Diner zu vergessen, legt man sich zum Mittagsschlafe nieder. Die Überschüsse aus den Sommergästen werden gewöhnlich zunächst in einem Klavier angelegt. (Unrecht Gut gedeihet nicht.) Um diese Stunde übt das Wirtstöchterlein. Es spielt: »Siehste wohl, da kimmt er, große Schritte nimmt er«, und bei diesen großen Schritten tritt »er« immer auf f statt auf fis. Außerdem »kimmt« er im schleppendsten Trauermarschtempo. Man könnte ja allenfalls dabei einschlafen, wenn nicht immer dieses verdammte f wäre.

Bums, da ist es wieder. – Jetzt spielt sie was anderes. »Ich bin der kleine Postillon.« In A-dur ohne Kreuze. Also schlafen ist nicht. Rauchen ist auch nicht; hinunter an den Strand, zu den Meinigen.

Ich sage nichts gegen das Meer. Ich sage auch nichts dafür; es braucht keinen Fürsprecher. Aber hier ist kein Meer, hier ist Jungfernstieg, Friedrichstraße, Kärntnerstraße. In dem von der Kurverwaltung herausgegebenen Prospekt heißt es »Strandidyll«. Überhaupt diese Kurprospekte. Wenn irgendein Nest am Wasser liegt und eine Papierfabrik hat, dann heißt es »das nordische Amalfi«. Was von der Kultur in den Wohnungen und an der Hoteltafel gilt, das gilt auch hier: viel zu viel und viel zu wenig. Ich habe alles gesagt, wenn ich sage, daß ein lieber Schneck von einem Kurgast ein Grammophon mitgebracht hat.

Dazwischen hör' ich von links:

»Der Caruso kriegt für jeden Abend 10 000 Mark.« und von rechts:

»Solange die Konsols nicht mindestens 83 stehen, ist nix zu wollen.«

Dabei ist dies einer der stillsten, abgeschiedensten Kurorte. Und Kinder sind hier, Kinder –! Ich kann ja verstehen, daß man fünf Kinder hat; aber sechs? Oder noch mehr?! Ich liebe Kinder außerordentlich, aber nicht ohne alle Auswahl. Es gibt Kinder, deren Eltern ich gern zweimal täglich, einmal morgens und einmal abends durchprügeln würde, Kinder, deren soziales Empfinden, deren Eigentumsbegriffe, deren gesellschaftliche Möglichkeit überhaupt vollkommen unentwickelt geblieben sind. Diese Sommer-Frischlinge zerstören mit inniger Freude, was friedliche Kinder gebaut haben, und zeigen eine heftige Anziehungskraft für fremde Schaufeln, Eimer und sonstiges Spielzeug. Also wenn ich oben gesagt habe: Reise mit Kindern! so ist diese Aufforderung nicht an alle Eltern gerichtet. Wenn man die Eltern solcher Kinder darauf aufmerksam macht, daß die Spielgeräte in den Händen ihrer Kleinen eine verzweifelte Ähnlichkeit mit gewissen, kürzlich abhanden gekommenen zeigten, so erfährt man zu seiner großen Überraschung, daß bei diesen Kindern jede Unart ausgeschlossen sei. Gewisse Behauptungen wirken stärker als alle Beweise. Man schweigt und kauft neue Schaufeln. Ich habe schon ein kleines Vermögen für

Strandspielzeug geopfert. In dem Prospekt der Badeverwaltung wird dieser Kurort natürlich auch gegen Gelbsucht empfohlen; aber ich will mir sie lieber gar nicht erst zulegen.

So schwer es auch fällt, sie sich vom Leibe zu halten, wenn das Bett jeden Abend wieder nach Tran riecht, wenn immer wieder eine Tür schlägt, eine Klinke kreischt, eine Schublade nicht auf- und, wenn sie offen ist, nicht zugeht, wenn alle drei Tage ein Kurgast im anstoßenden Pavillon bis zwei Uhr nachts »Geburtstag« feiert usw. usw. Prompt sind die Leute hier nur in einem Punkte: die Rechnung erscheint mit astronomischer Pünktlichkeit. Und wenn ich mir die Rechnung betrachte, dann muß ich mir allerdings sagen, daß ich mir zu Hause für dasselbe Geld nicht entfernt so viel Unbequemlichkeiten verschaffen könnte.

Damit will ich ja gewiß nicht sagen, daß man hier nicht auch heitere, sonnige Augenblicke verlebte, wie zum Beispiel damals, als ich mit dem biedern Sönke Harmssen (das steht auch immer in den Kurprospekten, daß die Einwohner ein biederer Menschenschlag seien) eine Segelpartie machte. Ich erzählte ihm, daß ich vor kurzem mit Peter Paysen eine Fahrt gemacht hätte, daß aber Peter Paysen nicht allzu viel vom Segeln zu verstehen scheine.

»Der?« lachte er, »der is noch dümmer als 'n Kurgast!«

»Na na, nun übertreiben Sie,« sagte ich.

»Nee!« rief er und verzog den Mund bis an die Ohren, »der is wiß un wahraftig noch dümmer als 'n Kurgast, hähähä!«

»Hähähä,« machte auch ich.

Solche Augenblicke entschädigen ja für vieles; aber sie sind doch nur vereinzelt.

Von *einer* Sommerfrische aber muß ich noch besonders erzählen.

Ich bezog nur ein kleines Gehalt und war trotzdem sehr erholungsbedürftig; noch erholungsbedürftiger war mein armes Weib, das kurz vorher ein schweres Leid erfahren hatte, und am allererholungsbedürftigsten war unser jüngstes Kind, das schon drei Jahre lebte und doch nicht lebte, weil es noch keinen Tag gesund gewesen war. Auf den Rat eines Freundes gingen wir mit Sack und Pack in ein kleines, weltverlassenes Fischerdorf an einer Bucht der Nordsee.

Bei einem kleinen Bauern hatten wir uns auf vier Wochen in Kost und Logis gegeben. Ich weiß nicht mehr, was ich zahlen mußte; aber es war auch nicht mehr wert. Das Meer sahen wir nicht; wir sahen nur die Bucht, und die war eigentlich nichts weiter als ein großer, langweiliger, trübseliger Tümpel. Die zwei Zimmer, die uns zur Verfügung standen, waren wenig über halb so hoch wie unsere Zimmer daheim; dafür enthielten sie aber eine sehr riechbare Luft, während unsere Luft zu Hause nach gar nichts roch. Man kennt ja das hübsche Wort, daß die Luft auf dem Lande deshalb so gut ist, weil die Bauern die Fenster nicht öffnen. Das stimmte hier nicht; wenn man die Fenster öffnete, dann wurde die Luft im Zimmer noch schlechter; denn rings um das ganze Gewese stand eine zehn Meter dicke Mauer von Stallgeruch. Unser Söhnchen freilich faßte vom ersten Tage an eine tiefe Neigung zu dem Kuh- Schaf- Pferde- Schweine- Gänse- Hühnerstall; aber er entfremdete sich das Herz seiner Eltern durch das zusammengesetzte Parfüm, das er von dorther mitbrachte. Wenn man sich durch Zimmer- und Stallgeruch hindurchgerungen hatte, dann kam man in eine dritte Zone, die des Fischgeruchs. Der Geruch von Dorschen beherrschte das ganze Dorf und seine Umgebung. Obwohl nun meiner Frau wie auch mir der Fischgeruch äußerst unsympathisch war, hätten wir diese gemäßigte Zone dennoch den beiden andern vorgezogen, wenn nicht während unseres ganzen Aufenthaltes mit geringen Atempausen ein Sturm gewütet hätte, gegen den sich Erwachsene nur mit größter Mühe, Kinder aber gar nicht auf den Beinen zu halten vermochten. Wir hätten uns ja vielleicht auf allen Vieren fortbewegen können, wenn da nicht noch ein anderes Hindernis gewesen wäre: der Regen. Es regnete täglich 25 Stunden, und unser guter Wirt sagte selbst: »Wir haben ja schon manche schlechte Sommers gehabt; aber diesen Sommer regent es ja pergament!« Das war das treffende Wort: dieser Regen war ausdauernd wie Schweinsleder. Trotz alledem gingen wir mit den Kindern, auch mit dem jüngsten, so oft an den Strand, wie es irgend durchzusetzen war, dann freilich bis an die Zähne bewaffnet mit Wintermänteln, Tüchern und doppeltem Unterzeug. Den größten Teil der Zeit aber mußten wir im Zimmer verbringen, und da hatten wir denn reichlich Muße, über das Sinnreiche dieser ganzen Unternehmung nachzudenken. Ich las in diesen Wochen viel Spinoza, das erfüllt mit einer großen Resignation und Geduld. Nur hin und wieder wurde ich durch unser krankes

Kindchen unterbrochen, das am Boden kroch und die Ärmchen nach mir ausstreckte. Dann mußte ich es auf meiner Schulter reiten lassen und dazu in der Stube auf und abgehend singen:

> Alles neu
> Macht der Mai
> Macht die Seele frisch und frei!

und wir machten die Beobachtung, daß es immer öfter nach diesem Spiel verlangte und, während es sonst verdrießlich, weinerlich und meistens teilnahmlos gewesen war, immer häufiger lächelte. Außerdem hatte ich die Aufgabe, meiner tief darniedergedrückten Frau die umgebenden Verhältnisse als äußerst befriedigend darzustellen. Unser Zimmer nannte ich »traulich« und »altväterisch behaglich«; den Stall fand ich für unsern Jungen sehr »anschauungs- und lehrreich«, und den Stallgeruch »ländlich gesund«, den Fischgeruch bezeichnete ich als »eigenartig« und den Regensturm als »gewaltig« usw. usw. Sie hörte mich auch freundlich und dankbar lächelnd an; nur als ich gewisse rötliche Anschwellungen auf meiner Haut als »die Reaktion auf die Einwirkungen des Seewassers« bezeichnete, wurden ihre Blicke starr. Sie stürzte nach meinem Bett und stellte nach kurzer Untersuchung die Diagnose: »Das sind Wanzen!!«

Als wir unsern Wirt deswegen zur Rede stellten, erklärte er mit verletzter Würde, in dieser Gegend gebe es überhaupt keine Wohnung ohne Wanzen. Wir versicherten ihm, daß wir dann für diese Gegend weiter kein Interesse hätten und lösten den Kontrakt.

Ich halte meine Frau für sehr geschickt in allen Zweigen ihres Hausfrauenberufs; aber mit solcher Gewandtheit hab' ich sie niemals einpacken sehen wie an diesem Tage. Am nächsten Morgen stand der Wagen mit unsern Koffern vor der Tür, und wir verabschiedeten uns in glänzender Laune von unsern Wirten, nachdem wir drei Viertel unserer Sommerfrische verbüßt hatten.

Während ich dies schreibe, klingt vom Wohnzimmer herüber das erinnerungsvoll lächelnde Adagio aus Mozarts C-moll-Sonate. Unwiderstehlich angezogen von diesem Vergangenheitsliede, geh ich hinüber – die Tür ist halb geöffnet – durch den Spalt seh' ich eine meiner Töchter am Flügel sitzen. Festliche Sonne fällt durch helles

Lindenlaub herein und spielt um ihren Scheitel, die dasitzt: ein Bild gesunden, blühenden, lächelnden Lebens, ein verkörperter Jubelgesang der Jugend.

Das ist sie, die die mageren Ärmchen nach mir ausstreckte, die drei Jahre lang nicht leben und nicht sterben konnte. . . .

Und von Stund' an, als wir in jenem elenden Fischernest gewesen waren, genas sie zusehends und ward frisch und lebendig an Leib und Seele.

Ich habe ja auch nichts gegen die Sommerfrische gesagt. Nur gegen die Menschen hab' ich gesprochen, gegen die Menschen, die sie uns und sich selbst so jammervoll verderben.

Über tredition

Eigenes Buch veröffentlichen

tredition wurde 2006 in Hamburg gegründet und hat seither mehrere tausend Buchtitel veröffentlicht. Autoren veröffentlichen in wenigen leichten Schritten gedruckte Bücher, e-Books und audio-Books. tredition hat das Ziel, die beste und fairste Veröffentlichungsmöglichkeit für Autoren zu bieten.

tredition wurde mit der Erkenntnis gegründet, dass nur etwa jedes 200. bei Verlagen eingereichte Manuskript veröffentlicht wird. Dabei hat jedes Buch seinen Markt, also seine Leser. tredition sorgt dafür, dass für jedes Buch die Leserschaft auch erreicht wird.

Im einzigartigen Literatur-Netzwerk von tredition bieten zahlreiche Literatur-Partner (das sind Lektoren, Übersetzer, Hörbuchsprecher und Illustratoren) ihre Dienstleistung an, um Manuskripte zu verbessern oder die Vielfalt zu erhöhen. Autoren vereinbaren direkt mit den Literatur-Partnern die Konditionen ihrer Zusammenarbeit und partizipieren gemeinsam am Erfolg des Buches.

Das gesamte Verlagsprogramm von tredition ist bei allen stationären Buchhandlungen und Online-Buchhändlern wie z. B. Amazon erhältlich. e-Books stehen bei den führenden Online-Portalen (z. B. iBookstore von Apple oder Kindle von Amazon) zum Verkauf.

Einfach leicht ein Buch veröffentlichen: **www.tredition.de**

Eigene Buchreihe oder eigenen Verlag gründen

Seit 2009 bietet tredition sein Verlagskonzept auch als sogenanntes "White-Label" an. Das bedeutet, dass andere Unternehmen, Institutionen und Personen risikofrei und unkompliziert selbst zum Herausgeber von Büchern und Buchreihen unter eigener Marke werden können. tredition übernimmt dabei das komplette Herstellungs- und Distributionsrisiko.

Zahlreiche Zeitschriften-, Zeitungs- und Buchverlage, Universitäten, Forschungseinrichtungen u.v.m. nutzen diese Dienstleistung von tredition, um unter eigener Marke ohne Risiko Bücher zu verlegen.

Alle Informationen im Internet: **www.tredition.de/fuer-verlage**

tredition wurde mit mehreren Innovationspreisen ausgezeichnet, u. a. mit dem Webfuture Award und dem Innovationspreis der Buch Digitale.

tredition ist Mitglied im Börsenverein des Deutschen Buchhandels.

Dieses Werk elektronisch lesen

Dieses Werk ist Teil der Gutenberg-DE Edition DVD. Diese enthält das komplette Archiv des Projekt Gutenberg-DE. Die DVD ist im Internet erhältlich auf **http://gutenbergshop.abc.de**

Zeitfracht Medien GmbH
Ferdinand-Jühlke-Straße 7
99095 Erfurt, Deutschland
produktsicherheit@kolibri360.de